柴室小品（甲集）

盧前/著

盧冀野小傳

盧冀野，名盧前，原名盧正紳，冀野是字，自號小疏，別署飲虹簃主、飲虹園丁、冀翁、雲師等。

一九〇五年三月二日，他出生於南京一書香世家，少年時代熱愛文學。一九二三年，曾加入柳亞子先生發起的新南社。一九二五年正式就讀東南大學，老師有吳梅、王瀣等當時著名學者；一九二七年東大畢業後，在多所大學和中學任教，如當時的金陵大學、河南大學、成都大學、光華大學、暨南大學、立達學園、南京鍾英中學等。一九三七年抗日戰事爆發，他流亡至武漢、江津和重慶。除一九四二年曾短期在福建永安擔任過國立音樂專科學校校長外，一直在當時的四川大學、女子師範大學、中央大學、復旦大學等校任教；同時在國立編譯館與禮樂館任編纂，並任《民族詩壇》主編，大力倡導民族詩歌的創作，積極歌頌抗日救亡；一九三八年至一九四七年他曾擔任過四屆當時國民政府參政員；一九四五年抗戰結束回到南京後，除了仍在大學教書外，一九四六年起主編《中央日報・泱泱副刊》；一九四七年起還任南京通志館館長，南京文獻委員會主任委員，主持徵集、編印了《南京文獻》二十六冊；一九四九年初，為避戰火，全家移居上海，一九四九年五月末，全家返回南京。此後這一時期，他雖賦閒在家，仍筆耕不綴，常為當時一些報紙寫稿，直至一九五一年四月十七日，因病逝世。去世後，主要書藏，都捐給了東北師範大學圖書館。

盧冀野主要的文學作品：早年有新詩集《春雨》、《綠簾》，小說集《三弦》問世；舊體詩有《盧冀野詩抄》；詞集《中興鼓吹》；散曲集有《飲虹樂府九卷》；劇曲有《飲虹五種》、《女惆悵爨三種》、《楚鳳烈傳奇》；譯作有《五葉書》、《沙恭達羅》兩種；報導文學有《丁乙間四記》與《新疆見聞》；此外，一生還寫有大量的散文、小品文、章回小說等等。

其主要學術著作有：《中國戲劇概論》、《明清戲曲史》、《論曲絕句》、《讀曲小識》、《詞曲研究》、《散曲史》等；其他還有《何謂文學》、《近代中國文學講話》、《八股文小史》及《酒邊集》等等。

盧冀野一生還熱衷於保存、傳播中國古代文化典籍。他搜集、整理、彙校並刊刻了大量的中國元、明清三代的曲籍，經其整理出版的就有數百種之多，其中最為著名的就是《飲虹簃叢書》、《飲虹簃所刻曲》。

盧冀野是民國時期中國頗具影響的教授、學者、詩人、藏書家和南京地方史志專家。

盧冀野與他的《柴室小品》

現在結集出版的《柴室小品》一書（現分為甲、乙、丙丁、四集），是盧冀野先生為上海《大報》、《亦報》所寫的小文章的彙集。其中相當一部份文章，原是在《大報》上的一個「柴室小品」的專欄中發表的，故現以「柴室小品」名之。

一九四九年以後，盧冀野不得不離開在大學裏長期擔任的教職。算是為著家庭生計，或許也為著精神上的一種失落，便開始了「煮字療饑」。他先後或同時為若干報紙寫稿。從一九四九年下半年始，他為南京的《新民報》寫了「金陵風物」和「續冶城話舊」等系列文章；又為上海《大報》、《亦報》等陸續寫了相當數量的小品；他甚至重操舊業，將年輕時決心放棄掉的寫作方式——小說，重新撿拾起來，寫起了章回小說。約略算起來，自四九年八月算起，至五一年四月去世，他在短短的一年八個月中，共寫了上千篇的小文章，三百五十期左右的章回小說，這裏還不包括此時所寫的若干詩、詞、曲。所以，如果除去北京之行及多次往返上海的時間，他每天得寫二三篇，三四篇才行。寫作之勤，令很多人驚嘆。

這些小文章和章回小說，當然不是盧冀野先生生涯中的重要著作。但是在這兩份當時在大陸並不顯眼的街頭小報上，他以似乎信手拈來的方式，寫的這些小故實、文人軼事、異域風情、笑話趣語、鄉井時事、生活瑣屑等等，卻也不是他的敷衍之作。盧冀野對辦報並不陌生，他曾長期主編《中央日報》的「泱泱」副刊，還在大學講過新聞課程。所以細心的讀者可以注意到，他的這些小文章的選題、內容變換、文章節奏，甚至遣詞造句等，是花費了心力並以期適合當時最廣讀者群的口味的。總之，在這「失意」的這兩年中，他以往勤奮寫作的習慣並未改變，只是變換了寫作的領域。我的二姐夫何玉書先生曾告訴我，他還清楚記得，《大報》總編輯陳蝶衣先生為約稿事，曾來南京大板巷舊宅，拜訪過我的父親；我自已也依稀記得，有一次李清悚先生與一位我不認識的畫家，在書房裏與我父親一起對章回小說的插圖反覆推敲時的情景（李先生是父親摯友，年青時就擅於繪畫，為我父親少年時的新詩集《春雨》作過插圖。）再就是，直到去世前，他因病重被送往醫院時，還為自已無法按期向這兩份報紙供稿而十分不安。所以說，他對當時的約稿與寫作，依然是非常認真的。

現在看這些文章，除了期望讀者從中感受閱讀的趣味、增加一點知識外，也可以將其視做盧冀野先生的一本不完整的「回憶錄」，或一本殘缺的「日記」；此時他的身體已很不好，也可看作他對自已寫作生涯的小結與身後的交代。有些小文章，也可視作為那一時期大陸社會生活的一種記錄，等等。但是，顯然其中大部份都流露有作者對中國傳統文化的一種眷戀的感情。

至於《大報》、《亦報》這兩份報紙，它們都是一九四九年七月在上海創辦的小報。但為報紙撰供稿的人，卻有不少著名的報人與文人：張慧劍、張恨水、汪東、周作人、張愛玲、潘勤孟等等。不過在發行了大約僅僅二年半以後，《大報》就被並入了《亦報》；又過了半年左右，也就是一九五二年十一月的樣子，《亦報》又並入了《新民報》。自此時起，在幾十年中，大陸便不再有任何民營報紙了。大陸的報業進入了一個完全不同的時期。所以說《柴室小品》是成於大陸的一個相對寬鬆，又有點特殊的、短暫的時間。

我父親是一九五一年四月去世的。現在知道，兩報相繼被合並不久，陳蝶衣先生和張愛玲女士，也相繼離開了大陸。因此我不禁想到一個問題，他們三個人，在當時算是以完全不同的方式，先後徹底離開了大陸的「文壇」和「報壇」，此為幸抑或不幸歟？

為便於讀者瞭解《柴室小品》一書的寫作時代與背景，特簡單說明如上。

盧信

二〇一一年春節於南京

目　次

盧冀野小傳 3
盧冀野與他的《柴室小品》 5

聞「仙霓社」復活 19
前輩文學批評家：金聖歎 20
《西遊記》的產生 22
從新觀點看《儒林外史》 24
鐵門關之憶 26
螃蟹段兒 28
寄慰恨水 29
模範和尚道禪 30
不染亭 31
六世達摩殉情的故事 32
茶趣 33
書會 34
談詩牌 35
杜甫遺跡 36
酒人補記 37
記：閱微草堂 38
閒話龍套 39
戲癖 40
油燈 41

姑孰半日遊 42
記曲學社 43
兩個外籍朋友 44
再談戲癖 46
馬君武的晚年 47
談拳 48
弘光瓷 49
一世畫山賣的蕭厔泉 50
昏市的領略 51
證婚 52
父與子 53
水包皮 54
花溪記遊 55
滮長行旅 56
飴糖 57
油不漬 58
五更雞 59
再談「避諱」 60
磨墨 62
重慶的黃桷樹 63
龍門陣 64
記阿哈買提江 65
水竹幽居 66
逢場期 67
重慶到成都三條路線 68

內江印象 69
重慶的滑竿 70
林庚白軼事 71
塔 72
天京錄 73
盛京故宮近狀 74
記：張玄 75
聞老舍歸國訊 77
三遊半山寺 79
江浙方物 80
味諫翁會晤記 81
滿宮的憑弔 82
東陵瓜 83
西崑曲 84
一朵紅花 85
在渝被殺的周均時 86
莫柳忱軼事 87
元旦開筆 88
談：孟姜女 89
談新京戲 90
胡三先生的故事 91
飥饠 92
洗臉照鏡 93
病榻速寫 94
大鐘亭的故事 95

月當頭夕 96
忘詞 97
一字電報 98
鼓山轎 99
一塊肉 100
奉懷菊老 101
談老 102
沈尹默先生之耳 103
八寶飯 104
喀什巡禮（上） 105
喀什巡禮（下） 106
王秀鸞在南京演出 107
饅頭的傳說 108
日記 109
繡像畫版 110
交友三訣 111
墨巢風趣 112
混壽元 113
丐頭 115
革命菜 116
記邵次公 117
髮之種種 118
死了的教育 119
記：顏世鎔 120
長竿與嗡 121

喜雪 122
送振鐸北返 123
鐵作坊的故事 124
畫歷 125
石榴樹 126
蒲窩 127
記王老人 128
書癖 129
竈糖 130
十樣菜 131
各人自掃門前雪 132
檢討之作 133
記歐陽老居士 134
友藝集 135
春韭 136
散原翁軼事 137
人日故事 138
趣生蓮花落 139
光榮的轉變 140
影像 141
車中 142
朱彊村軼事 143
金山寺之火 144
三百年間兩黃人 145
腫下眼皮 146

安得知 147
悼念戴望舒 149
浮圓的沿革 150
記：鳳先生 151
記：辻聽花 152
相字 153
呂氏三姊妹 155
遊戲科學 156
談謎 158
春天的夢 160
再談春夢 161
葉天士軼事 162
五虎 163
銀婚攝影記 164
談形於言 165
龍蟠里訪書記 166
英雄鄭叔問 167
李曉暾的家世 168
正楊 169
髀神 170
服闋 171
刻書的好處 172
雨花臺種樹 173
秤書記 174
談八股 175

富而後工 177
沐府的變遷 178
小唱 180
談「通」 181
俗字與簡筆字 182
名說 183
張忠仁的幽默 184
桃花詩 185
絳子遺事 186
健康的笑 187
鼓之國 188
寫刻之緩 189
花參潤肺 190
知已難得 191
記霹靂巖 192
記金雞嶺 193
一團和氣 194
嗜好的轉易 195
偏見・成見 196
從柳芽想起柳花 197
對癖 198
曾國藩奏稿中的李臣典 199
京滬車中詩 200
勞動下的三海 201
海會殿之劫 202

三看　203
北枝巢　204
京市交通　206
新北京的舊人物　207
沙灘行　208
花參煮法——答讀者之問　209
頤和園春色　210
天橋之暮　212
處女齒　213
桑南的話　214
冒雨遊故宮　216
和尚的兒子　218
迺茲眼福　219
恨水的病　221
小平妖堂　223
水中鹽與蘇造肉　224
稊園修禊　225
弗堂近事　226
小窩窩頭　227
北海讀詩記　228
訪郭記　229
笑劇會串　231
柳亞子近狀　232
活筋　233
還它那一代的面目　234

上林春 235
世間何物似江南 236
興盡而返 238
石正風光 239
伊帕爾汗 240
嶺南書風 241
一字之差 243
屈原之死 245
江南與江北 246
票友下海 247
官打捉賊 248
萵笋圓 249
田間的太原謠 250
樸素的真理 252
陶壺作家 253
治喉噎方 254
八十年前米價 255
文章病院 257

編後說明 258

聞「仙霓社」復活

看到仙霓社又在大世界決定長期公演的消息，很使我興奮。因為南方的仙霓社和北方的崑弋社，是崑腔最後的兩座陣營；仙霓社和崑弋社不同，仙霓社是崑曲傳習所教育出來的，不像崑弋社是伶工自己組織成功的。當初，約在民國十二三年間，穆藕初捐出了一筆款項，在蘇州五畝園辦這傳習所，原意是辦三班，第一班用傳字作排行，二班用習，三班用所。可是後來只將第一班辦完，二班三班沒有實現。這傳字輩中成名的，小生顧傳玠，青衣朱傳茗，老生鄭傳鑒，倪傳鉞，丑王傳淞等。顧君後來就學金陵大學農科，倪君改就了公務員。

這一副班子在大世界登臺，最初是以「新樂府」名義公演的，不久便改稱「仙霓社」並曾到南京出演。以我個人的評價，王傳淞的造詣最高，也許近五六十年不曾有過這樣的丑角。和崑弋社中侯益隆的淨，可以對峙，稱為雙絕。仙霓社的在（民國）十七八年，曾排過一本新戲，那便是吳瞿安先生的《湘真閣》，顧傳玠飾姜如須，朱傳茗飾李十娘，曾轟動一時。不知道仙霓社將來出演大世界，是由誰領導的？假使王傳淞也參加在行列裏，我想應以丑行為首，多多演出「照鏡」，「說書」一類戲。這些戲仍然是和人民大眾接近的；不獨情節，就是曲文也是大眾所能欣賞，所能接受的。

（49-09-10）

前輩文學批評家：金聖歎

為人民所熟悉的文學批評家，是明末清初的金聖歎。廖燕的〈金聖歎先生傳〉說：金名采，字若采，吳縣人。《晚晴簃詩匯》作金人瑞。《辛丑紀聞》上又說他名喟。還有的說他原姓張名采，這是靠不住的。至於字若采，並不是若采。他生於萬曆三四十年之間，生日是三月三日。他對於批評工作是這樣的：甲申（一六四四）批《水滸傳》，丙申（一六五六）批《西廂記》，已亥庚子間（一六五九—一六六〇）搞杜詩。他在杜詩解卷二中說「曾記幼年有一詩：營營共營營，情性易為工，留濕生螢火，張燈誘小蟲。笑啼兼飲食，來往自西東。不覺閒風日，居然頭白翁。」這首詩未必便是他幼年在塾中所作，然而可想見他那種不羈的性格。他又作過〈丁祭彈文〉：「天將晚，祭祀了，忽聽得兩廊下吵吵鬧鬧。爭胙肉你瘦我肥，爭饅頭者你大我小。顏回德行人，見了微微笑。子路好勇者，見了心焦躁。夫子喟然歎曰：我也曾在陳絕糧，幾曾見這餓殍！」他對於那些吳下諸生已盡譏諷的能事；而他所以命名聖歎，也可看出用意來。他所批的小說，便有人說他「筆端有刺，舌底瀾翻，鍾惺李卓吾之徒，望塵莫及！」現在所存毛宗岡批的《三國演義》，冒聖歎的牌子，甚至做上一篇假序。他在文學批評上的成就，實由於他這種革命者「見義勇為」的風度，所以他能糾眾哭廟，能領導起這種學生運動。他在順治十八年七月十三，在南京三山街和其他鎮江金壇地方一百二十一人同時就義。《柳南隨筆》中提到他臨死時的言語：「殺頭，至痛也；籍眾，至慘也；而聖歎以不意得之，大奇！」他有這種才情，這種「視死如歸」的氣魄，所以他才能成為第一流的批評家和學生運動領導者。

（49-09-11）

《西遊記》的產生

《西遊記》這一部小說，大家公認是明代萬曆年間射陽吳承恩所作。怎麼樣會採取這種題材的？我們可以斷定它是以元吳昌齡的《西遊記》雜劇和宋人《三藏取經詩話》作藍本的。吳昌齡又怎會選擇這孫行者大演神通呢？詩話中雖有猴行者，而在唐玄奘法師西遊時，起初沒有標明悟空這樣腳色。後來我們搞印度文學發現蟻垤的《羅摩衍那》，一半根據歷史，一半純是神話，其中說到羅摩仗著「大頷猴王」的神力，從印度通到楞伽，築了一道長橋，奪回「悉多」。那猴王正是我們孫行者悟空的影子，而這七章，二萬四千頌長的《羅摩衍那》意譯書名為「羅摩的漫遊」，或作「遠遊書」；這還不是和《西遊記》命名相似麼？吳昌齡的雜劇早年只有「鬼子母揭缽」一折，存在《納書楹曲譜》裏，現在全書已於日本攝印回來，《西遊》和《西廂》是元劇中兩大傑作。明清以來的戲場所搬演的如《安天會》、《無底洞》等劇，皆是一鱗一爪。說到普及大眾，雜劇似乎又不如小說了。有人評《西遊記》的成功在於猴子的「人化」，從這一部以猴子為主角的傳記中使人感到「人情味」。還有人抱一種「玄之又玄」的看法，說孫行者根本就是「心的象徵」，七十二變正是象徵「心的活動」；於是把《西遊記》看成一部哲學書了。今天我所認識的《西遊記》底主題，是「克服困難」，面臨著九九八十一難，一難一難的克服，正是孫行者的偉大處，我們現在正應該向他看齊，向他學習。在目前這時代中，我們要洗清出《西遊記》的本來面目；這與《羅摩那衍》的精神是完全符合的。

（49-09-12）

從新觀點看《儒林外史》

《儒林外史》這部小說，專門說的是關於知識份子的事。雖說講的明代故事，其實是假託。這些人物都是和作者吳敬梓同時的。清代雍正年間的一班士大夫。我們要以新的觀點，重新估量這些人的得失；從楔子裏的王冕起，那一個立異鳴高的「高士」，他的優越感，使他隔離了人民。書中提到的嚴貢生那位簡直是一個專門剝削人的人，從王大的豬一直剝削到弟婦，可以說最卑劣的一個讀書人。蘧景玉和他的兒子來旬，當然比較有可取處，然而他們都是溫情主義者，見到王惠一味的妥協，就是反抗八股也不徹底。婁玉亭和瑟亭這兩位難兄難弟，不滿現實，而又專唱高調，於人不利，於已無益的白過了一生。馬二先生總算是一個中心人物，他講現實，他雖也「仗義疏財」，只限於一個小圈子裏；他鼓勵匡超人，反而害了匡超人，匡超人的三變，將一個生產者變成了廢料，不如給他在家磨豆腐到老。寫得有聲有色的當然是杜慎卿了。一個是有閒階級的典型，一個連銀色九七都分不清的，兩位貴介弟做的都是些不相干的事，沒有一件有益於人群的。一個出色的女性是沈瓊枝，因為生長在那種社會裏，只得賣斗方，賣刺繡來維持生活。至於那忍心叫女兒尋死的王玉輝，代表被封建勢力征服者的呆頭呆腦，更值不得批判的了。作者最後所標榜的四客，雖然也出身於無產階級，但仍是小資產階級的意識；知道自我提高，不能為大眾服務；他們的缺點仍然很多。我曾於《儒林外史》提出許多知識份子所具有的缺點來談改造；這小說已行世二百年了，然而在不長進的中國，到今天依然從這兒還看到知識份子們的影子，這是多麼可笑的事！

（49-09-15）

鐵門關之憶

這樣一個黑夜，在小院子裏看天上的星星，使我想起早年作朔方之遊時從庫爾勒經過鐵門關，在戈壁上夜行，向焉耆歸來的舊事了。沙漠的氣候，早晚冷得像冬天，可是中午和盛夏也差不多。那一天我們曾因為車輛發生障礙，在四十城這地方停留了下來，漸漸感覺熱了，口渴得不了，所攜帶的水和準備好的瓜，都吃喝完了。從來所不曾有過的乾燥，嘴舌好像要開裂了。好容易再向前進，走進了戈壁，只見兩邊的獸骨一具具的躺在那兒，有些驢馬駱駝的腦袋還沒有化完，也許鷹隼還沒有啄完，崢嶸的還帶著血肉的白骨，使人感覺到恐怖，我不忍也不敢去看。達阪（就是高坡）一座一座的翻過；遠遠望見了鐵門關，下面是孔雀河的流水在響，關上有幾處村落似的人家，望見這綠洲一簇，頓時心上就說不出的涼爽。近了，近了，看見關口已鋪了紅毯，擺著不少瓜果，這時口也就不渴了。同遊的那絲爾君為我說塔依爾和棗娘殉情底故事。他指著左手一個高峰說：這塊孤聳的白石便叫做塔依爾，又指遠處一個高峰說：「那便是棗娘的墓了。」像鐵門關這樣的奇山異水，這樣的秀麗，而又雄壯，我沒有見過。我們到了庫爾勒，連飯也沒敢吃，爬上原車，回到鐵門關天色已黑了。黑暗中翻過無數的山，初月一會兒在左，一會兒又在右；又走上戈壁，我們只望著北斗七星辨識歸途的方向，起初是熱風吹著很不好受，漸漸的由薄寒而冷，漸漸的冷得發抖，走到焉耆河上那長長的慶平橋的時候已是夜二時了。這樣的黑夜，一天的星星，等我從記憶中覺醒了，才知道我現在是在江南，是在初秋，是在晚上九時，我不禁笑了起來。

（49-11-01）

螃蟹段兒

有一個老人說他在幼年時候流行的童謠：「今日三音阿不喀，閒來無事出都喀；阿補必須穿撒補，要充朋友得幾哈。」這童謠是滿漢語混合的。「三音阿不喀」，是好天氣。「都喀」，是城，或作門解。「阿補」，據說是襪子。「撒補」是鞋兒。「幾哈」就是錢。把滿語融合在漢語中成了這童謠。

從前只有元曲裏夾雜著不少當時的蒙古語。用「滿漢兼」的子弟書產生在清代乾嘉間的，也是民間文學的一個特例。金九經君在大連出版的《滿蒙雜誌》第一八五號上，寫過一篇滿洲語與漢語混用的歌本「吃螃蟹」。據傅惜華說：這種滿語漢語混合寫成的子弟書很有許多種（例如「陞官圖」一回，「不垂別淚」五回，「合鉢」一回，「刺虎」四回，「拷紅」二回，「訪賢」不分回，「喫醋」四回。），其中流行最廣的就是「螃蟹段兒」。關德棟曾根據近代滿洲語言學者日本人今西春秋的藏本，和金九經本對勘過。有個百本堂姓張的，是清代北京一個專門抄寫各種戲劇，通俗歌曲的，在隆福寺護國寺廟市設攤售賣，從乾隆時起，到民國初本，世世相傳，以此為業，號「百本張」。

（49-11-02）

寄慰恨水

慧劍從北京參加文協回來，說到恨水這一次的病，是在一天晚上，燈下課子的時候，忽然感覺頭痛，便有些支持不住了，這情形類乎「中風」，大約還是腦溢血。寫作小說，平常絞腦汁未免太多了，文人和貧病老是分拆不開的，北望燕雲，使我深深的懷念。

恨水今年應該是五十五六了，記得在重慶時五十初度的；當年在南京創辦《南京人報》還是四十左右的人，每天編報，還同時替京滬各報寫好幾部長篇小說，我們見面的機會就很多，總是笑嘻嘻的興致很高，又愛畫幾筆兒。在唱經樓街附近的寓廬裏，也曾邀我去玩；那幾年的生活由今看來是天上似的。

流亡到重慶以後，他和那位夫人住在通遠門一家金山飯店，手頭很不寬裕，談起他老弟牧野在敵後游擊：高聲的笑著，將霍邱這一帶的地形給我們講，穿插了許多小故事，一席話至今我還記得。他搬在南溫泉住家，我這時住在白沙，不常會得到。有人來說到他的詞，有：「惜物而今到火柴，十元一盒費安排」等語，知道他益發窮困了。偶然在新民報遇見，還是有說有笑的。我的下海做報人，恨水是慫恿著的。地北天南，一別四五年；這時候他又病了，老朋友怎能不關切呢？所幸看到《西風殘照圖》的發表，他還能經心結撰成這樣鉅裝，想來病體已漸康復了，不勝快慰之至！

（49-11-03）

模範和尚道禪

在南京中華路上，有座甘露庵，這是小小的廟宇，住持和尚道禪是揚州籍，不過三十來歲的人。南京解放以後，理教會送來了幾尊佛像，還有十二個孤兒。道禪心裏想：今後不能再像從前那樣當和尚了，我應當替大家做點事，這十二個孩子要讀書，何如擴大成個學校呢？由於他的號召，左鄰右舍都送了孩子來，居然成了兩班；佛殿和方丈都變成了校舍、教室和教員預備室。教師都是蘇北流落在寧的少年人，道禪敦聘了他們來。這時廟產全部給了學校，還嫌不夠。道禪於是在廟門口，設立了成衣鋪；他說：「本是裁縫出身，縫衣服的手段自問說得過去；你們的衣服，不如給我縫。隨便給幾個，算你們捐給學校的。」這話才說出來，大家都送了布料來。在學校牌旁邊掛上「道禪成衣處」一個小招牌兒。

「這些學生難道光是念幾句書，不給他們學習手藝麼？」他又帶了幾個大點的學生，使他們功課以外，添了縫紉的學習；也一樣排定時間，同時工作。那一帶小孩子們的家長信任道禪這個學校，大家搶著送學生來，可惜甘露庵容納不下去。不過兩三個月光景，現在已有學生三四百名了。道禪這樣的和尚可算得僧門的模範！

（49-11-04）

不染亭

出和平門，到小市口；再五里路便望見北顧山了。這山本名「白骨」，有人改寫做「北固」，我嫌它和鎮江的「北固」重複了，所以改寫成「北顧」。這兒辦了個孤兒院，在戰前建立的，有相當的規模。創辦人陳經畬、楊叔平兩先生奔走南北，看了很多地方的慈幼事業，然後擬具計畫而成的。一面給孤兒教育，一面還給他們生產學習：製鞋、織布、編薦、種菜，設備和師資都很完善。可惜這院址在抗日戰爭中給炮火毀了大半。三年前復院的時候，我被聘為董事，曾經來參加過「復院式」。這回又有機會來院，而且步行了好多路。當我們走上安懷路時，遠遠看見那修復的部分底院舍，上面紅旗飄拂著，四面都是綠疇，我們不禁笑了起來。由於院中負責人王芷湘君的努力，這兩三月的工夫，已整理得井井有條。我們看了菜圃、看了保管室、看了院童的工作。又繞出梅林、葡萄架，到了不染亭。這不染亭是里人仇淶之所題，亭下是個蓮塘，九月裏當然連敗了的荷葉也沒有了；亭是連皮的木頭搭成的，恰巧只有四個座，用棋盤做成的一張桌子放在中央。這時夕陽在山，有幾個老司務在放牛，院童在刈草；眼面前是一片生產的天地，我們真個是一塵不染的了。回到城裏以後，這不染亭還留在我的心目裏。

（49-11-05）

六世達摩殉情的故事

西藏第六世達賴倉洋嘉措，在康熙年間，繼阿旺羅桑五世坐床受位。他是一個儀容俊美的少年，文采翩翩，天生的一個多情種子；作過不少歌曲，都是歌詠男女情愛的事。他在布拉達宮後面闢了密室，據說常常在裏面幽會。有時換了裝，偷偷地跑出去。這時拉薩城裏，有一家酒店，是位少女在當壚；他夜出早歸，從來沒有被人發現過。他化名叫做蕩桑汪波，酒家女也不知道他的身世。

有一次，大雪，他走了回來，鞋痕印在雪上，讓人家知道了；向清廷告發，康熙便令檻送來京，在青海的道中不幸病死了！西藏的人都哀憐他，懷想他，到現在大雪山裏，少年的男女還是愛唱六世達賴的情歌。這故事是喜饒嘉措告訴我的。有的幾位西藏朋友為我吟誦過他的纏綿悱惻的歌詩。我從他便想到了我們的南唐李後主，北宋道君皇帝；他們都是不善於做政教的領袖，而是最好的抒情的詩人。他們都是情癡，都肯為愛情而殉身。李、趙是帝王猶可說；倉洋嘉措是教主，當時多批評他錯失了菩提，其實斷情絕緣也未必能證菩提。

（49-11-06）

茶趣

我是有茶癖的。不過我所謂茶，是指中國的紅綠茶而言，那些咖啡可可不在內。先君從前題書齋名作「瀹茗軒」，瀹茗就是烹茶，談到烹茶：有的講究水，有的講究器具，還有的講究炭火。唐人所說的茶，只要看龍團、鳳餅、珠粉這類字眼，我們便知跟現在拿茶葉泡茶來喝的情形不同。據說日本工於「茶道」的，請了「茶師」來表演，就有那麼一套，自稱是唐茶正宗；總算我幸運不曾領教過。我愛飲茶，所飲的只是用茶葉泡出來的，並沒有什麼奇蹟。可是我試過的茶葉種類卻不少，算來野茶是第一。牛首的天闕茶，宣城的敬亭茶，出產都不多；然而那茶的芳冽夠我們細細的品賞。以我看：花茶是比較劣些，它要借花的香來混雜在茶味裏，不免「品斯下矣」。龍井、香片、雨前皆清醇不耐久；而沱茶之類耐久喝又缺清香氣，用它來消食是好的。我在福州朋友家裏，看到他們品茶，那比酒杯還小的杯兒，我老是怕大意將它掉到喉管裏；後來才學會用舌尖舐一舐。什麼鐵觀音、大紅袍我都曾嘗試過，都是慎重其事的嘗試；不像喝祁門紅茶那樣隨便。從不同的品質談，從不同的出產地談，從一年四季不同的氣候談；每種茶適宜於一定的時期和區域。《茶經》已不實用於現在的了。

我對於茶不能充內行，我所愛的與其說是茶，毋寧說是茶趣。

（49-11-07）

書會

宋人有「書會」的名稱。他們是怎麼組織的？目的是什麼？我們已無法知道了。可是我們也聚了一個書會，為的是印書。戰前我們的會叫做「襄社」，是七個朋友組成的；印過《倪文貞詩》、抄本《東山談苑》、陳師曾印譜等。遇到珍貴的名籍，大家相傳鈔一部，所費的錢就不少，不如合起來將它印上百把部，每人分幾部，或十幾部。當時很有些人贊成我們這辦法。好像蘇州印行《甲戌叢編》、《乙亥叢編》等也是採取書會這方式的；不過他們是按年一部和襄社辦法不盡同。

現在，我們這「南京書會」，以印行有關南京文獻為主，以人民券一萬元為一股，全部是一百股，每月用息買紙付印刷工錢，一股份書一部，每書印一百部。由於大家每月沒有多錢購書，而又愛好圖籍；尤其掌故一類東西無事看看可以增廣見聞，聚個書會容易舉辦。現在正刷著吳應箕的《留都見聞錄》，還準備刊行《江南餘載》、《江表志》幾部談南唐故事的書。我為著「書會」忙了好久，下月應該有書可看了。

這種書會的辦法就是出於儲蓄會的；用眾人的力量為眾人服務，書既不發售，又根據大家的意見去選擇。這辦法也許今後還會被採用，凡書有部分讀者而不需要大量印行者，似乎皆可用書會底方式來辦的。

（49-11-08）

談詩牌

我曾製過一副詩牌。最早看到詩牌這兩個字是在梅曾亮的一篇文章裏，他說：「正月稍暇，以詩牌為戲。四人皆取牌八十一枚，餘者置幾中央。甲所棄推之乙；乙入之，出所棄者與丙，不入，歸之四隅，枚取於中央，以入易出如初。丙至丁，丁至甲皆然。餘盡而四詩不成則易行，一詩成則三人負。」有一年，我在開封，看見一副殘的，是骨製的，相傳是王半塘家裏出來的。邵次公和我說起，《庚子秋詞》的作品本來就由這副牌裏打出來的，我們不妨也來試一試。

任二北用卡片紙製了一副，在南京常常約著去打。梅曾亮他們嘗得「高柳扶青直到天」句，誠然奇極；所以他說：「以強澀之字運支離之思，往往得奇語如夢中作。」我們打出來的奇語，有好些比「高柳扶青」要奇得多了。二北把它編了一集，可惜手邊沒有，不然可以舉很多的例。不過紙片常常遺失，又容易損壞，我率性仿照麻雀牌樣式用骨製了一副。王半塘的沒有底板，我的還加上竹背；在戰前打過許多次，我又由南京帶到上海，所幸留在上海，竟沒有隨著我在南京的房舍圖書一同燬掉。後來才帶了回來，這算是寒齋僅有的一件「故物」！

我們打詩牌的方式，和梅氏所說的差不多，只是耗費時間，一個下午成不到四五局天也就黑了。

（49-11-09）

杜甫遺跡

杜少陵先生似乎對於我很有緣的。他所經過的地方，大部分我都到過。河南鞏縣，湖北襄陽，陝西長安，四川奉節和成都，我只要看見有工部祠堂一定去拜謁的。從前成都的風俗，在正月初七所謂人日，大家聚會在草堂寺，這種盛會我很幸運的參加過。只有過襄陽杜工部墓的時候，匆匆經過，沒有停留得久，蒲城李子逸翁跟我一道，我們倆都常感覺悵惘的。他這墳墓多少值得懷疑：他是死在湖南耒陽的，相傳因為喝酒吃牛肉太多，一時暴卒。在他孫子手上搬柩回河南去葬的。襄陽的工部墓不知什麼時候起的？

在西安城外勳蔭坡上的杜公祠，氣象過於草堂；離當日曲江池很近，我看了曲江大失所望，要不是有這座祠堂，我想不會有人去；無論何人過少陵祠總愛作兩句詩，這正是「夫子門前賣孝經」，越是過班門越愛弄斧，這也不能不說是怪事。我只愛張之洞在四川學政任內人日謁草堂的詩，有「憑仗詩篇垂宇宙，發揮忠愛在江湖」的一聯，用這十四字來稱讚，只有杜少陵才夠上這份量。

由於我經過了許多杜公遺跡，我也添上了收藏各種板本杜集的癖好，只是這麼多年來，還不上一百種；朋友當中有的到了二百多種。以往傳譯中國詩的愛翻李白詩，最近白居易詩已介紹到了蘇聯，實際上杜少陵才是我們的第一位人民的詩人。

（49-11-10）

酒人補記

我喝了三十年的酒，戒酒不知戒了多少次；要不是這一回高血壓症搞到肺出血，我是不容易把酒斷了的。止酒以後，回想當日的揮杯樂趣，恍如隔世。本來我的父母皆是大量，外祖母也是百杯不醉的；我的子女們平日雖然不喝酒，偶然叫他們喝起來，就是喝上四五杯還是沒事的。從前劉大紳寫過〈酒人記〉，在寥寥短篇中很能將酒人的各種風致描繪出來，我所遇到的酒友，有些是值得寫的：

第一位便要數到去年在蘇州自沉的喬大壯先生，大壯是飲不擇酒的，不擇時也不擇地，量並不大，可是非悶酒不歡；喝了酒他越發拘謹起來。第二位是在成都逝世的胡翔冬先生，因為他早年所作題名《牛首集》所以我稱他為牛首翁。他講究酒，並且講究下酒的肴菜，喝起酒來一喝半天，越喝興致越高，有談有笑，最後便會罵起來，他罵得很藝術，有人就愛聽他酒後的詈罵。第三位是得諸傳聞，我未親炙過的鄭受之先生，據說他的酒量很大，不過喜歡鬧酒，越鬧越喝得多，喝了酒就去逛釣魚巷，有時睡倒在秦淮河上，醒來撲撲身上的灰也就罷了。這三位皆已成了古人。健存的酒友像金子敦先生從容不迫的喝白酒能喝上斤把；范洗人先生抓著豆子花生之類的，喝紹酒三五斤，笑瞇瞇的毫不動聲色，他們的酒品也有足取的。

（49-11-11）

記：閱微草堂

迪化的維吾爾名稱是烏魯木齊，我到了那兒便想起河間紀昀紀曉嵐這老兒來。他在迪化曾作過〈烏魯木齊雜記〉的，是他的《閱微草堂筆記》底一部分。閱微草堂就在迪化西塞公園裏。

紅山炮台的對面烏魯木齊河的旁邊，那便是西塞公園，土人簡稱為西公園的所在。那兒叫做鑒湖的，有一帶平房，沿著屋簷儘是楊柳，窗外還有走廊，掛著閱微草堂的匾額，這匾是最近才補上去的。地上是黃黃的沙，眼前都是綠綠的樹，紅山紅灣紅廟又是一片紅；這紅灣維吾爾人是叫它做烏拉拜的。顏色這樣的鮮明，我們在公園散著步，不覺精神振奮起來。我暗暗的想到二百年前紀老兒羈留在此，在這幾間房子裏談狐說鬼的寫下那許多故事；那樣饒有風趣的一個白頭的老人，生活在這片黃綠紅的中間，是快樂呢還是煩悶？在他以後來的如洪北江，即如鄧嶰筠，一直到《老殘遊記》作者劉鐵雲；他們有的和他一樣得慶生還，也有的就死在這兒；除了一些詩或詞給我們留下來，從那裏面看出一點點他們的心影，像紀老兒這樣整卷的雜記畢竟還是難得的。

閱微草堂在內地那麼有名，誰知道這地方就如此的褊仄！又不知比較起他的老家獻縣怎麼樣？可是我為著閱微草堂的緣故，常常去遊西塞公園，「地以人傳」，不能說這句話沒有道理。

（49-11-12）

閒話龍套

演一台戲少不了龍套的。不過看戲從來很少人注意龍套，只有留心名角的，留心壓軸戲的；誰還關心這龍套跑的好不好呢？可是內行不這樣，他們看一個班子先就看龍套整齊不整齊，老練不老練！而龍套裏面的頭龍尤其重要，因為他有帶頭作用，他排好陣就不會亂，能使舞臺面秩然有序，戲的進行也隨著井井有條，所以說關係非小。

在崑戲班子裏，任是名角，不是他的戲他就得跑龍套；人家給他的戲當龍套，他也給人家的戲當龍套。不像京戲龍套多是雇用來的，假如名角當了龍套，可以使人笑掉了牙；這種風氣大約是後來才有的。自從有龍套專業的人，龍套在戲裏的地位反而不免降低了。學戲的自然不會學習龍套，就是票房也不曾有人來票龍套的；在重慶的時候，我和鄭穎孫、陳逸民、王泊生三位曾有過票龍套的經驗；那次是泊生當頭龍，起初，認為不需要演習就可以登臺的，那知臨時會手忙腳亂起來，所幸頭龍得力，總算掩飾過去了。事後檢討：這龍套的短處是氣太盛，陳王兩位還帶著眼鏡呢。記得那齣戲是《鐵冠圖》的〈刺虎〉，是武戲並沒有武場，龍套還不大吃力；如果真刀真槍的搞起來，我們那一次的龍套就不敢嘗試了。

（49-11-13）

戲癖

這兒所說的「戲癖」，當然還不到「戲迷」的程度；沒事愛哼幾句，有時用看戲的眼睛去看一切事，一有機會可以袍笏登場時，他從來不放棄，他一定要把握這票戲的勾當；這些都是有「戲癖」的表現。我有位朋友就是從前助林琴南翻譯西洋小說的陳紱卿（家麟），他一直做外交官的，那時我跟他在開封河南大學同事，平日他很嚴肅，不苟言笑的；學生正在唱戲唱得火熱，他竟要參加，串了一齣《硃砂痣》，他已是五十來歲的人，唱到「年半百又做新郎」，他的表情、音調，好像特別有味。後來他告訴我：「我對這道兒多少有點癮，唱一回戲，我要舒服好多日子呢。」還有一位太太，她的戲癮就比陳先生來得大，有時跟人說話，忽然攪出一句戲詞來，她不管別人有沒有戲癖。一回，我們在一道吃飯，她因另有別約中途退席，驀地站起來道：「小生要告辭了！」滿座的人嚇了一跳，她踱著台步走出去了！這種戲癖似乎限於舊劇，就算話劇有癮還不至於這種程度。聽戲、看戲和串戲，本來有區別的；而有戲癖的人對於這三種往往又是統一的。我記得爰居主人有一次對我說：「某太太，我真怕她。好像天地間除了戲就沒有別的事。你和她談什麼，她都扯到戲上去！」所謂某太太戲癖固深，然而主人有戲癖他卻是不自覺，以致唱出了悲劇的結果來了！

（49-11-14）

油燈

已記不清是二十二年，還是二十三年；總之在抗日戰爭前兩三年，在三馬路門口掛著鍾靈印字機製造所招牌的，由於泰興丁君的領導，我去看一種創製的植物油燈，有許多形式，但大體和煤油燈差不多：油壺、燈芯、玻璃燈罩。一盞一盞地在我面前試驗過，丁君說：「今後，一旦發生了戰爭，煤油因交通阻礙而斷絕來源的時候，只有用植物油來點燈，此種燈正是準備那時候來用的，我們希望朋友多多指教，選定一兩式來大量製造。」我對這種油燈很發生興趣，當時我說些什麼話，現在已想不起來了。不過在看油燈這件事一直很明顯的印在記憶裏。

過了五六年光景，我們都流亡在沒有電燈的鄉村裏，果然看到了植物油燈在普遍發賣。我們的家裏至少總買了一兩盞；可是用得久了，它的缺點也就暴露了：燈芯吸不上油，或者燈罩容易黑；清油少的時候，在四川多用桐油，而桐油又不適用於這種燈。有人老老實實用竹筒自製一種燈，不用罩，不買燈芯；只用一油碟放上幾根燈草就行了。這種簡式的燈被大家仿用以後，油燈的銷場便減少了，漸漸在市場上看不到了。

丁君的行蹤，我久已不知道。我也不能將油燈如何改進的意見告訴他。我相信這植物油燈還有它存在的理由，就是必須經過改善；希望他再作一次試驗，不要氣餒才好。

（49-11-15）

姑孰半日遊

說來可笑：我曾到過一些遼遠的地方，而家鄉的四郊有許多鄉鎮就從來沒有到過。姑孰現在叫做湖熟，在做小孩子的時候，家裏有過湖熟來的女傭，從她嘴裏說到湖熟的風物，我就很神往；想不到在四十年後的今天，才得去作半日之遊。土山鎮（一作東山）是現在江寧縣治的所在地，我從那兒搭了便車到湖熟。秦淮河上一座木橋，這座橋彷彿就是湖熟的門戶。當年由湖熟到南京城是搭夜航船的，航船的碼頭在珠峰門外，珠峰門正對著句容的茅山，赭色的山峰映著斜照非常的美麗。當地人指著左邊那河岸說：「這裏的昭明讀書台可惜在日本軍隊佔領時毀掉了！」他們領著我穿過兩條街，這兩條街都不整齊，抵達鎮商會。我看了幾塊殘碑，大半是清末的。對面有一家春華樓酒館，他們又說：「南京的鴨子最出名，你看城裏的鹽水鴨那裏抵得上湖熟的！」果然，我嘗試了春華樓的燴鴨掌，鴨舌；炒鴨腰，鴨脯，又切了一盤鴨腿；肥嫩多油，比城南韓復興又高一籌。有位同文攤出一張宣紙，一定要我寫兩句；沒有法子，只好湊了一首〈浣溪紗〉，為半日遊蹤的紀念。詞云：「劫後梁臺土一塊，秦淮於此水西回；珠峰門外看斜暉。姑孰清遊嗟已晚，我來十月鴨初肥，春華樓額正當眉。」

（49-11-16）

記曲學社

景深送我幾本《戲曲》，這雜誌還是在七八年前，上海淪為孤島時候編印的。像這類雜誌可惜總不能持久。因此，使我想起我們的「曲學社」，沒有一點貢獻，它就夭折了！然而這也算是文壇一段掌故。怕是民國十五年的事罷：發起人是吳瞿安先生、任二北，王玉章和我。邀請入社的有王靜安（國維）、許守白（之衡）、王君九（崇烈）諸位先生，還有訂譜名家劉鳳叔、吳粹倫二位，一共不過九個人。所有規章大部分是出二北和我之手。主要的工作分為三類：一是考訂，二是流通，三是演奏。因為那時搜購曲籍不大容易，以吳先生奢摩他室所藏為主，添上二北感紅室的藏本和我的一些抄校本，準備編一部比較完備點的「曲目」；並打算辦一個曲學雜誌，後來這計畫未能實現。但是二北的《散曲叢刊》以及我所編刊的《飲虹簃叢書》都從那年就著手的，「散曲」這名稱這些年總算被採用了，也是那時候我們喊起來的。我們並且主張：自己儘量作曲，隨時訂譜，隨付傳唱；多取新材料作雜劇由仙霓社演出。從仙霓社蛻化出來的「新樂府」經過多年的沉寂，最近在上海復活了，我聽了這消息多麼高興！而當時那「曲學社」只產生了不到一年就完了事。後來曲學的同志雖然一天天多起來，卻始終沒有一個組織。曲學社之後，這幾本《戲曲》雜誌，就算得又是一種紀念品了。

（49-11-17）

兩個外籍朋友

高羅佩和蒲樂道是給我印象最深的兩位外籍朋友。我和他們相別快六年了，回想起舊日的交遊，彷彿跟昨天一樣。

高羅佩是葡萄牙人，他告訴我：在幼年他一位伯父來中國做生意帶回去一位「老夫子」，並買了不少《千字文》、《論語》，還有《幼學瓊林》這些書。他在葡國所受的都是中國的私塾教育。可是對於中國文化的愛好，是他到日本任使館的工作以後的事。他學會了撫七弦琴，學會了草書，皆是在東京跟人學的。來中國的年代並不久，現在娶的一位中國太太，姓劉的，湖北人。他愛穿中國衣服。自己起了一個表字叫做冰台，愛人家稱他高先生或冰台兄，也愛手搖摺扇。寫副把對子送人請教，更是他拿手的把戲。他和我聊天，常常說：「在我們漢朝時候……」或「我們中國在唐朝……」，他忘記了他的身分（葡國駐華使館參贊）和他原有的國籍。後來還是為著公事回到葡萄牙，一直沒有返任。

由於另一種機緣，我又認識了英國的蒲樂道君。他的原名譯音應作蒲樂斐爾，可是他不贊成「斐爾」兩個字，他說：「蒲樂又不是司馬、歐陽那樣的複姓。我只姓蒲，樂道是名，號叫竹風。」他來過中國八次，他在五臺山出過家，他會唱頌子。他對京戲嗜好很深，唱幾句青衣比唱鬚生夠味。他也會一點小曲，又背得李太白幾首詩，哦詩聲調很不錯。我們會到一定要鬧酒，他愛大麯或高粱過於威士卡。他一直還不曾娶親，他打算和中國女子結婚，而他說在四川小姐裏找不到對象。是北方的好呢，還是南方的好？他問過我不知多少次，我卻沒有能夠為之執柯。我借用這狂狷二字：蒲樂道是狂的，而高羅佩近於狷者。

（49-11-18）

再談戲癖

這是一個老笑話：有一位有戲癖的人，分頭告訴好友說，明天我要票戲了。大家特地去看，誰知從頭到尾就沒見他登場；再問他時，才知道他串的是那《捉放曹》裏面的「豬」。他雖然沒有露臉，可是他的確是在舞臺上票過戲。《捉放曹》不能少這豬的過場，豬雖不是重要腳色，戲中卻也少不了它；像這樣過戲癮的倒有的是。因為豬是戲中的豬你樂於去做，果真你叫他做一口豬的時候，那他一定罵你了。還有一個故事，記不得是那一家筆記上寫過的，（好像見焦里堂的劇說）說一位老翁有三個兒子，有天帶他們去看戲，老翁問：「是看戲好，還是看書好？」大兒子說：「勤有功戲無益，看戲不如看書。」老翁搖一搖頭。二兒子便說：「書本讀去是呆板的，戲文演來能活靈活現；看書怎如看戲！」老翁還是搖一搖頭。於是小兒子說了：「我看書強如看戲，看戲正和看書一樣；戲就是書，書就是戲！」老翁聽了大為高興。這位老翁的小兒子底見解的確高明，像他這樣的戲癖，已是搞通了的，畢竟勝人一籌。然而話要說回來啦；看戲究竟和票戲不同，票戲並不是一件容易事，縱然日日練習，上起臺來也會吃力不討好，而看戲的以靜待動，冷眼旁觀，上下其議論，似乎與臺上人不相涉，又似乎對於臺上人關切非常。同一戲癖，而愛看戲的未必一定能票戲，想票戲的也許不耐心去看戲。

（49-11-19）

馬君武的晚年

我會到君武先生的時候，他已是六十以外的人了。他和褚慧僧先生愛開玩笑。有一天，他對慧老說：「你發言太多了，今天開會，我希望你不發言；假使你還說話，我一定駁你的！」恰巧君武先生坐在慧老後面的一個座位。到了會場，慧老忍不住還是發了言，他話剛說完，君武先生果然站起來駁他。事前我們是聽到他向慧老提出那話語的，所以覺得好笑；那裏知道慧老說一次話，他就駁一次，那天一共駁了五六次，從那回起，我對於他的辯才和敏捷佩服極了。君武先生有時候就像小孩子一樣的天真，他在任廣西大學校長時，他將桂劇的演員小金鳳接到學校去，其實這也沒有什麼關係，但有些人就和他開玩笑了。他住在榕湖傍的新宅子裏，門前一付對聯是集句的「種樹如培佳子弟，故鄉無此好湖山。」橫額是「門有通德」四字。有一天早上不知誰在上聯加了「春滿梨園」，下聯有「門當察里」各四字，橫額上的「通」字又被改了個「缺」字了。桂林市政當局將樂戶指定住在一個區域，名「特察里」；恰與馬宅隔湖相望，梨園當然是指小金鳳而言了，君武先生看到以後，笑了一笑。他在晚年始終沒有蓄鬚，紅通通的面孔，架上一副黑邊眼鏡，不知道他的人，以為他還只有四五十歲呢。我到桂林時，可惜他已作了古人！

（49-11-20）

談拳

看新疆男女的「圍浪」，使我想到打拳；看到處扭秧歌的風氣，我又想到打拳。說起打拳來，單打好，對打也好，集體打更好。我在十歲左右，曾學習過拳術，什麼功力拳，猴拳都還能對付。後來太極拳風行一時，我便從沒有耐心去學完，俗語說：「曲不離口，拳不離手」；由於離手太久，加以癡肥，早已把兒時的這一套荒疏了，當然，柔軟操和跳舞自有它的長處，但拳還是可以打的，別的並不能替代它，我始終是這樣想的。舊日那些拳師愛談宗派，什麼少林拳、武當拳之類；又故作神奇，講究什麼秘傳密授，把拳風反而不能普及，不能跟著時代進步。其實這拳術是我們民族體育的最好的遺產，又何嘗不可配合樂曲來表演像新疆舞、秧歌舞呢？我希望在今天有新的拳師出來！建立一種新的拳術，普及給大眾從山林轉移到城市，到鄉村；由及門傳授改變為大眾學習，集體學習。平常用來鍛煉身體，集會的時候也可以公開表演。我想提倡這打拳的風氣，先得改進拳術；我對於國「字」排行的如「國學」「國醫」這些名稱多表疑義，拳術就是拳術，不必叫做什麼「國術」！因為拳術改進了，大可以推行到國際間去；假使認為是「國粹」之一，那一定使這活潑潑的拳術變成「國糟」，或者「國粕」的了！

（49-11-21）

弘光瓷

我這個人倒有一樣長處，偶然也搞一下拓片，而不為「黑老虎」所迷；有時候玩一點銅器，因為阮囊羞澀買不起也就拉倒了。說得好聽一點，這叫做「不沾不脫」的，說得不好聽，這便是「半吊子」。朋友當中有弄瓷器的，有一年，他在南京市上發現了雨過天青一隻柴窰的碗，他用重價買了回來，不多久，那鋪子裏又擺出了兩隻，和他買的碗一色一樣，價錢小了不少，沒有兩天就給人家買出去了；等我動了念頭去看，已是一個月以後的事，誰知這鋪子裏的柴窰碗層出不窮，最後我所費的代價和一隻平常的吃飯用底江西瓷碗差不多，我那朋友懊喪極了，從此他對古董商恨透了！早過二三十年，江浦陳亮伯（瀏）先生是一個玩瓷的名家，他那鬥杯堂裏，就有不少名瓷；好多關於瓷器的著作我約略翻閱過，可惜現在一件都不存了。說起瓷的故事，我只記得一回在南門外荒攤上發現的一個磁碗上有弘光元年字樣，畫的是蘭花幾筆，瓷極粗糙；賣的人並沒有拿它當古董，好像只要銅元十六枚，算起來還不到當時所用雙角毫洋一枚呢。也許任何藏瓷家沒有看見過，也決不會有人來造這贗品的，實在夠得上打一個紅木架的資格。還有袁世凱「洪憲」年間居仁堂定製的瓷器，我曾想弄它一件，至今卻還不曾真個去弄。

（49-11-22）

一世畫山賣的蕭厔泉

蕭厔泉畫師是壬申年過的七十歲，最近才去世，今年該有八十七八歲了。他從晚清由衡陽家鄉出來，任南京候補等差事很久；恰巧遇到了蒼崖和尚，他跟和尚學畫；結果青出於藍，他比和尚要高得多。後來在鍾英學堂當了圖畫教員，民國初年便到上海去賣畫了！南京老友最多，跟王冬飲師很相好，癸酉年（一九三三）寫信向冬飲師要詩為他七十補祝，那首詩我還記得開端是「微官不救窮，一世畫山賣。蕭君我舊友，骨聳脫天械。自寫元氣胸，實力非狡獪。要其得力處，何者南北派？以此攝淨念，樓居神不憊……」。我還有位好友酈衡叔又曾向他學畫，有幾年我常常和厔泉翁在一起；他請我在他那「淨念樓」吃過飯。我是知道他的脾性的，交情歸交情，要索畫非得照潤例給錢不可；我曾為人付過筆潤，一直自己想乞他畫幅填詞圖，因價格高一時沒去求他，因循下來到今天寒齋中竟沒有他一幅畫，我寓在上海的時候，也沒有去看他；聽到噩耗，頗使我惋惜，像這樣的畫筆一天天的少了；雖說這山水畫的好處不是人民大眾所需要，但究竟是東方色彩，也算是我們的民族藝術，積五十年的學養才達到他這種境界，不是容易的事。他那位世兄也是繼承父業的，多年不相見，不知道近來的造詣又如何了？是不是還想和老父一樣準備「一世畫山賣」呢？

（49-11-23）

昏市的領略

平常徜徉在闤闠之間，除了流亡的日子，在我是難得有這樣的時候。可是解放以後，解放兩字用到我的生活方式上，可謂最妙於形容了。多年沒有的像這等平淡的心境，在門前站一會兒，偶然訪一兩位鄰人談談，或者偶然在街上看看；踱著比散步的步伐還要緩慢的步子，在我這二百度以上高血壓症患者只算活動活動，談不上是走路了。使我流連不捨的多是兒時所愛接近的糖果攤、青蘿蔔擔子，或糖煮藕的挑子，高起興來買一點嚐嚐，自己彷彿年紀小了許多，這種樂趣已是「久違」了。尤其在黃昏時分，山荊陪著我走向街頭，碰到「熟切」買一點，打算回家佐夜飯之用。有意無意的走走，夕照淡得還有些微光輝，店家有的開了燈，有的還沒開燈；街中心一陣陣下了工回家的人急急忙忙地走，街車好像比別的時間也走得快些，天上是歸鴉噪聒著，有樹枝上歇得滿滿的，有的還三五成群的在飛。子街上擺攤子的朋友這時多在收拾，小麵館飯店正在上市，我們走走停停，從街南看街北，轉過身來又向來路走去，這一片心情除了用「廣漠」兩個字無法來形容其萬一。

南京有黑市，在深夜到未晚以前，陳設在笪橋市一帶，為時已久，但我一直不曾逛過。近來我又不趕早入市，只有這黃昏時候的昏市光景，現在倒領略一二，也是前此得未曾有的事。

（49-11-24）

證婚

雖然不曾經過精密的統計，這十年來我擔任證婚人這個職務該有好兩百次了。從前每次還將這一朵紅花，珍重的帶了回來給我那小兒子玩，也曾聚到幾十朵。說來很可笑，我年既不高，德又不劭；而常被邀約去證婚是什麼緣故呢？也許因為我的子女多，財雖不旺，丁倒很旺的；無非男女兩家尊長要替當事人討我這一點「福」氣，此外的理由連我也猜想不出來了。我根據這十年證婚的經驗看來，婚禮的確是越過越簡化了；起初還得像演戲似的：從這個入席，那個入席做起，證婚人還少不了五分鐘的致詞，然後叫「退」才得退。其間「讀結婚證書」這一節目有相當的麻煩，那幾句似通非通的四六，讀起來好不「彆扭」，後來幾年我率性刪去這段文字不讀了！這是我「熟能生巧」的技術上底省略；那裏知道結婚當事人後來也在進步了，有時根本就不來「入席」那一套了，大家團團轉轉的坐在一張圓桌上，證書放在我面前，在酒菜送上來的時候，請我站起來讀證書，我蓋了章，當事人蓋了章以後，就「禮成」了。甚至於有的連證書都不準備，請我在他和她之間坐下來，由第三者報告今天某某與某某結婚，由某某先生證婚。大家拍了一陣掌。嗑了幾顆瓜子，吃塊把糖糕。我既不致詞，又不讀證書，又不蓋章；而當天在報上登一啟事，給我當了一名毫不費事的證婚人。我想，再過幾年，也許這證婚人的名義就要不復存在了。

（49-11-25）

父與子

中國講人與人的關係，這夫婦、父子、兄弟、君臣、朋友所謂五倫；好些年來我都主張用朋友一倫來統一。因為現在不是朋友不能成夫婦，不是朋友誰也不肯幫誰的忙（君臣只可以這樣的解釋了），兄弟更需要志同道合，朋友又本是朋友；其中最麻煩的是父與子；當我們做兒子的時代，畏懼嚴父；我們如今做了父親，又怕兒子覺得你頑固、落伍！我提倡「父子底朋友化」目的在調協父子的感情，互諒互愛，以免趨於極端。我記得宋代楊大年的故事，他們這些年輕的在樞府就看不起那班老朽，有一位老人不服氣，曾有詩道：「說與少年渾不信，老夫曾是少年人！」的確，尤其是父子，兒子往往不去想父親曾做過兒子，也不想今日我這兒子將來還要做父親，假使「知已知彼」，或者「易地而處」，父子之間自少思想或行為上的衝突了。在一個大的時代轉變，父親代表一個舊的時代，兒子代表一個新的時代，誠如俄國小說家屠格涅夫所寫的那本《父與子》，那樣的父子在鬥爭，未免有傷「人道」。不如父子像朋友般的在一道學習、研討、砥礪；進步不進步和年齡的關係並不大。父親不固執他的「經驗之談」，兒子也不認定父親一定是頑固的，那麼父子的關係不妨因「友誼」而存在。所以我的「今日無五倫，一倫惟朋友」底主張，多少還有點道理。

（49-11-26）

水包皮

南京人的生活習慣，說起來是「早上皮包水，晚上水包皮。」前者指上茶館而言，後者就說的進澡堂子，有的寫作「浴室」。南京的茶館是鎮揚式的，似乎不如蘇州，也不如成都。至於浴室比較福州那差得多了。通常分池堂和盆堂兩種，像我就洗不慣池堂的，悶熱得會使我暈過去，而且肩摩背擦，並不見得像雕刻的陳列館，會引起什麼美感。有人說：進浴室第一件舒適的事是澡後一覺。我進浴室就從來沒有想睡覺的意思。擦背捏腳尤其令人難受，無已，要說一句稱許的話，只有修腳這件事還有足取；因為在家裏沒有這種專門設備，也缺乏這種技術人材，我所以進浴室多半還是為的修腳的緣故。在北方，這「水包皮」的重要性好像遠過於南方，浴室的規模就大得許多，例如西安的珍珠泉，儼然是一個國度。臨潼的華清池範圍也不在小；還有開封的浴室，我在裏面就吃過幾次飯，一進到澡堂子裏什麼問題都可以解決，不必另外找飯館去吃飯了。當然比起福州的「百合」還不夠舒適，然而南方一般的浴堂遠不能及。因為北方浴室不止於「潔身」，吃的玩的無不包羅；不像我上面所說「晚上水包皮」，南京人只以浴室為「水包皮」的地方，還有什麼值得好說的呢？何況連浴衣、毛巾、拖鞋都是些髒的，反不如在家裏洗一個澡了。

（49-11-27）

花溪記遊

記得是三十年十一月五日，我由貴陽和幾位朋友一同去遊花溪，這地方主人是叫做花犵狫的。從紅邊門，經過太子橋，這是向定番去的大道。遠遠望見交椅山，下邊流的是四方河。什麼筆架山、大將山、還有猴子坡；迤邐的導著遊人朝花犵狫走。苗族和仲家、水家多聚族住在這一帶。溪裏有龜、蛇、麟、鳳四山，清暉樓在鳳山的山腰裏，全面的溪山好似一幅畫圖。樓後有個旗亭，上插著酒招。核桃灣口是個上船的地方，從右邊小路走進去就是碧雲窩了。

在溪山最深處，便是穆家石碾。這兒的瀑布夠得上說是雄奇兩字。青苗們或花苗們吹著六笙（有人寫做蘆笙）在歡舞。我也曾訪問過他們；這少數民族的文化水準並不低，他們愛好音樂，手織品有上好的圖案，服飾對於色彩都很講究。可惜我不通苗語、夷語，他們裏面瞭解漢話的也不多；我們不能暢談。我匆匆的去來，沒有領略到他們的跳月，我頗引為憾事的。

後來貴州大學開辦，聽說校址就在花溪附近。曾約我教書，我未曾應聘；但是對於苗胞的音樂藝術，我極感興趣；不知大學裏的師生們有人著手研究過沒有？在西南幾省旅行，我還沒再遇到像花犵狫這樣的去處呢！

（49-11-28）

瀋長行旅

九一八事變發生的那一年，暑假從成都回來我原先準備到東北去，因為改就河南大學之聘，沒有得出關；不然恰巧趕上那事變，可是一直我就不曾再有出山海關的機會了。我的第二個兒子倜，這回是南京大學應徵人民空軍中選的五個學生之一，十一月十五日離開家，到上海，十八日到天津，二十日便到達瀋陽了。來信說：錦州過去一個月前早已落了雪，瀋陽現在是一片新氣象，他到瀋陽車站是天才微明的時候，進入市區正是工廠上工的時間，滿街都是工人、學生。街道是又寬又平又直，夾道樹很整齊。他們在南大伙食是夠苦的，現在受東北軍管司令部招待所的招待，大塊的吃肉，這幾個小夥子大為興奮。據說待上三兩天就要上長春了。我這個衰病的父親接到他寄來遙遠地一封信，不由也高興起來。他今年是十八歲，那年我在開封，他剛出世，十八年來我想去而未去的瀋陽長春，他倒在我之先去逛了。不過中年人的心情是容易發思古之幽情的，他們小夥子對於過去沒有什麼感念的，他平常還愛東塗西抹的畫幾筆，我希望他除了常有竹報，不妨再把白山黑水描它幾幅寄給我，以當臥遊。明年春暖花開的時節，我的身體將養好一些，也許去重遊北都以後，也出關來耍一耍呢。

（49-12-01）

飴糖

飴糖俗名糖醯。在紡織工業上要用到它，不獨它可以供給吃。經營飴糖事業的，大都是米商，因為它的原料多半是霉米、碎米。一直是土法在製，熬米時加一點化學原料就行；熬出來的「頭糖」就是糖醯，「二糖」是再度經過火力的，成為醬色，可以供給製造醬油之用。還有一種玻璃飴糖，是用做糖衣的，需要透明脆薄，那是以糯米的碎米做成的。我們在兒時，只知道拿糖醯來吹糖泡泡，至多冬季裏吃麥芽糖（俗稱糖糰兒），芝蔴糖棒棒，灶糖之類，皆是糖醯的成品。就沒有想到糖醯還可以供應給其他工業，如紡織用它，製魚肝油也用著它。

誰料這「含飴弄孫」的飴，倒是一樁不大不小的生產事業呢。有一位朋友在他立意從事生產事業以後，他看手製捲菸沒有前途，織毛巾線襪也沒有前途，於是他選擇了飴糖這一條路，他家本來做過米生意的，所以他得到種種方便；以二十石碎米的資本居然搞了一個飴糖廠，他夫婦倆親身參加，又約了一位大司務，七個工人；沒有兩個月，這廠竟粗具規模，每天出品不少；他欣然約我去參觀，大的桶，大的缸，糖醯也一大擔一大擔的裝好。俗語說得好：「長到老，學到老。」想不到幾十年所不經意的飴糖，它和砂糖白糖一樣，也是一條生產的大道。

（49-12-02）

油不漬

到了小雪前後，南京人家便安排醃菜了。大街小巷，到處是菜。家口少的擔把菜已足夠了，多的也有四五擔的。買了青菜，忙著洗，忙著曬，然後用鹽和石螺來醃，等待十天上就可以「打帚」了。打帚的意思就是一把一把的分棵紮起，再放在罎子裏。今年醃菜一直可吃到明年二月，那時吃不完便再把醃菜曬成乾菜，倘使你想暑天還有醃菜吃，除非特地用黃泥封好，將它儲藏起來。醃菜也算民間冬季的一件大事，手續比四川泡菜麻煩，然而泡菜不能持久，隨泡隨吃，味道不相同，從這兒可以看出各地方的風俗來。

在醃菜時，有的講究飲食一道的人，製一種美味叫做「油不漬」的，頗多外地的寓公認為是「名品」。其實手續很簡單，在洗菜時預先摘下菜心來，穿串起掛在簷口，給風吹乾；開春以後，取下來用開水燙過，切碎，和著豆腐乾丁，用麻油、醬油、糖醋拌好，名稱「油不漬」。不知是何人發明？也不知是何時就有的？舊家大都會做，也許近年會做的人少了一些。有一回，有位年輕朋友在我家吃過，他很驚奇：「這是什麼菜？何以這樣可口？」他雖是本地人竟不知道「油不漬」的來歷。於是我連製法都告訴了他。這菜的可口是在製法，並不在菜，只要有青菜的地方我想都可以仿製的。

（49-12-03）

五更雞

鄰家養了一隻雄雞，久不聽到的雞啼聲，又在耳邊響亮了。「雄雞一啼天下白」，第一使我想起的是行役底經驗，那種「人跡板橋霜」的光景，依稀又來到目前；我那幾年飄泊西南，住過「未晚先投宿，雞鳴早看天」的旅店，正是常常在雞聲中收拾行囊，準備就道的。行人枕上的雞聲，會有一種說不出的心情往來於懷的；現在的我重新體會那時心情，好比讀古人遊記，事不關己的樣子。第二我從雞聲又想到「三更燈火五更雞」來。在煤油爐、煤氣爐還沒有製作的時代，有一種用豆油燈草在下面燒，上頭連鍋帶蓋的覆著，全部是黃銅的，它的名稱正叫做「五更雞」。相傳鄉試的年頭，在闈裏常有人用的，我小時南京街市上還有的賣，有時我那高年的曾祖母給我煮點兒蓮子粥吃，就愛用「五更雞」，想到五更雞，彷彿我又回到童年了。我們是從小在城市裏長大的，城市中的雞犬似乎都不如鄉村裏雞犬來得蕭散。站在雞犬的立場說，怕鄉居總比在城裏自由些罷？城裏雖說繁華，而能給雞飛狗跳的場合並不多，此所以聽到雞啼而引起我這城居者的注意。我這鄰家究竟是一個善良的老百姓，他怕這雄雞擾了別人清夢，才養它沒有幾天生命，便打算動手結束它的；還是我勸著他：「請你多留它幾天，讓我多聽幾次啼曉，給重溫一些舊夢罷。」而街坊的孩子們為著毽子需要雞毛，卻天天在打這一隻雞的主意。

（49-12-04）

再談「避諱」

南京作為太平天國的天京有十一二年，最近我接受地方報紙的委託，代它搜集關於天京時代的資料。我發現很多南京方言中保留那時的話。例如睡叫「睏」，死叫「昇天」之類。太平天國對於語言文字的改革，曾下過一番工夫，有的改而未通行，如「年」改「歲」，「月」改「期」，「日」改「旦」；改了以後大家都不遵照，仍然用年月日了。「丑」改「好」，「卯」改「榮」，「亥」改「開」，這是曆書上頒佈的，所以很能普及。把「國」改成「国」，有簡筆字的意味，也行得很通。而數目字反把一二三四……變成壹貳叁肆，不但沒簡反而複雜了，可是這十個字現在還用得著。其中改變最多，是為的避諱。因為天父名耶火華，所以「火」改「炎」，「華」改「花」了。「秀全」也改成「繡泉」了。「貴」改「桂」，「雲」改「芸」，「山」改「珊」。「正」改「政」，「開」改「階」，都是為的避諸王名諱。「天」改「添」，「王」改「汪」（凡姓王的要改「汪」或「黃」）。「聖」改「勝」，「神」改「辰」，「老」改「考」，這又是避皇上帝聖神的諱。有的莫名其妙是軍中說話的避忌，如「鬼」叫「魁」，「心」叫「草」：「這人變心」便說「這人反草」！「真心」就作「真草」，「人心」叫做「燈草」。「龍」字只作「隆」，「贊」作「讚」，「名分」作「名份」，「溫」字作「吉」，「宂」要寫成「究」；這些字所以避忌，我們實在不能一一解釋出來！至於叫「東王」為「禾王」或稱「贖病人」，「天父天兄」稱為「高老高兄」又無非表示尊敬的意思。

（49-12-05）

磨墨

寫字的人多怕磨墨。自從有了墨汁、墨膏、墨水，誰還肯自己去磨墨呢？然而，磨的墨究竟比墨汁之類來得勻細，字跡濃淡有把握，又不滯筆；要用什麼墨便用什麼墨，自己可以選擇。怕磨墨的理由：不外乎費時間、費力、費事。現在連用毛筆的人都一天天的少了，還有提倡磨墨的必要麼？不，我不是提倡磨墨。我也不希望已用鋼筆的人再來用毛筆。不過，磨墨自有磨墨的趣味；若說費時間，磨墨還不算是「浪費」，一邊看書，一邊磨墨，磨磨看看，兩不相妨。若說費力，這正是一種輕微的室內運動，又何嘗傷筋勞肉呢！至於費事，更談不到了，連磨墨都說費事，那些人只可稱為懶人！磨墨之難，難於成習慣。初磨是不會覺到什麼趣味的！假如每天早上臨一通帖，或隨意寫一張字；那每天早上磨一硯池墨，磨墨時讀著帖，墨成就寫；日日如此，必不以為苦。早晨有工作的，改在午後，改在晚上皆可以。不過晚上的墨供第二天寫字，宿墨究竟不好；不如當晚就寫。看磨墨是一種休息，不慌不忙的。磨慣墨的人，一定不會發躁，因為磨墨這工作是出於心平氣和的。你這一硯池的墨果真又勻又細，必不在慌忙中磨成功的。也許有人笑我是「結習未忘」，其實又何必一定小資產級的知識份子才磨墨了也？

（49-12-06）

重慶的黃桷樹

這一回解放重慶，大軍先達到南岸黃桷渡；這地名很生疏，但是提起黃桷埡來便沒有人不曉得！也許黃桷渡就是靠著黃桷埡很近的。重慶一帶，以黃桷得名的去處不少，我就想談一談這黃桷樹，這黃桷樹不是一種平凡的樹。

據一般人說：黃桷樹是無用的樹。它的樹幹連木器家俱都不能製造的，它的葉子連燃料都不能經用的。至多夏天給行路人歇一歇在它的樹陰下，這是其他的樹也可以做到的。而且，黃桷樹的根，滋生蔓長的，把一片地面都弄得凸凹不平。有人說：重慶這黃桷樹和廣東的榕樹很相像。榕樹有沒有什麼用處呢！據我所知，黃桷是有它的特性，它能派別的用場。就是在溶冶鐵汁時，需要高的火力，任何金屬不能下爐去，任何樹木枝條也不能下去，那時必用黃桷的枝條，只有它受得住！只有它才能在鐵汁裏調和，冶鐵的時候，沒有不去專誠搜求黃桷的！又誰敢說黃桷是無用的樹呢！外表是既沒有紅的花綠的葉供玩賞，又沒有筆直的幹傘蓋似的頂，和那婆娑的姿態，給它照一張相或描進繪畫裏去。它又被認為連木器不能製造，雖然，它的用途很狹仄，但畢竟非它不可；所以我說黃桷不是一種平凡的樹。

（49-12-07）

龍門陣

我要誇張點來說：四川人沒有一個不會說話的！以我看，四川話的腔調幫的忙最多。當一句話快說完的時候，末幾個字音一定拖得很長，好像一句接一句從來不間斷的，因此構成了滔滔不絕的長篇大論，說得頭頭是道，大為動聽。他們如何訓練好這等的口才呢？那坐茶館「擺龍門陣」是不無有關係的。「擺起，擺起！」這句話我們可以常常聽到；意思是「談談罷，談談罷！」至於談了多半天的話，那便是所擺的「龍門陣」了。北方人說「聊聊天」；聊天、談話和擺龍門陣性質相同，然而擺起龍門陣來似乎比尋常的聊天談話就覺著正式得多！到處的茶館又供給你來擺龍門陣，所以說話教育無形中獲得了成功，這風氣始於何時，我還不曾去考證過，以我在川居留二十年來的經驗，我愛和他們說話，尤其愛聽他們說話，龍門陣一擺也許擺上半天。就是有人在「沖殼子」，我也非常感興趣的。「沖殼子」就是說大話，與「吹法螺」、「吹牛」的意義略同。只有在茶館吃「講茶」，那些話不大好聽。「講茶」無非在「評理」，是非多，往往有爭執；不似平日擺龍門陣的一種「侃侃而談」的趣味。儘管貴州是四川鄰省，貴州人的說話本領比四川人差了許多。你要學說話，我勸你找幾位四川朋友，在閒暇無事的時候，多擺擺「龍門陣」！

（49-12-08）

記阿哈買提江

我認識阿哈買提江是在迪化。那一天，他們從伊寧來到迪化，張治中將軍設宴給他們洗塵，順便邀了幾位陪客，我是陪客之一。「江」是一種尊稱，阿哈買提是他的姓，當時由主人介紹，我看著他年紀大約三十多歲，圓圓的臉龐，養了小八字鬍，嬉皮笑臉的好像一個頑童似的，可惜我不懂維吾爾語，彼此無法暢談；我只望他坐在那兒不甚安靜，不喝酒不抽煙，而時時搓手。宴罷，我們又一同去看戲。那副秘書長阿不都克力木，和他同由伊寧來的；恰巧坐我旁邊，他一嘴好漢話，從他談話中，我知道了許多關於他們的事。阿不都克力木正二十歲，他是新疆學院出身；十八歲在高中畢業，參加伊寧革命事業；這事業的領導人就是阿哈買提江。自此我們常見面，那回遊天山，我們是一道去的。我才看到阿哈買提江的騎術，果然是他們裏最好的。他愛唱、愛舞、大聲的叫喊，在營火會時，他自己的表演最多。「新疆是有前途的」，我心裏想：「他們都是這樣年輕、活潑，富有生命力！」我對這頑童似的青年的革命領袖，很豔羨、欽慕的！那想到人民政協邀他到北京參加會議，飛機竟失了事！連那阿不都克力木也不幸遇難了。回想前情，我對這兩位青年革命家遙致無限的哀悼之忱！

（49-12-09）

水竹幽居

《水竹幽居》是一部書名。作者湯濂，號淼仙，南京人，是性情古怪的人。大約道光年間出生的，在湖南待過些時候。那時正是桐城派古文盛行的時代，管同、梅曾亮都是文壇健將，他不獨不肯走他們的路，相反地，他用一種特異的風格，寫了許多文章。有的像子書，有的像公安三袁那種小品，又寫過《石品》、《泉品》這一類的書，《水竹幽居》是他的雜文集，最使我驚奇地這書的序是曾國藩作的，據說曾老九（國荃）很賞識湯淼仙，他們在湖南認識的。而曾國藩到南京以後，始終沒有會到他。就文章的風俗和思想來說，他們是絕對不相容地，曾國藩這樣稱許他的才氣，確是值得詫異。他在書中寫明，自十幾歲到八十歲後所用過的別號和筆名，有好幾十個。他有四首題畫的詩：「一琴一劍一囊詩，一路尋梅一子隨。一郭一村山一帶，一樵一牧夕陽時。」，「一帆一槳一扁舟，一岸蘆花一一鷗，一勺酒瓢一枝笛，一人獨醉一江秋。」，「一丘一壑一柴扉，一樹梅花一水圍。一柏一松一窗雪，一竿一叟釣魚歸。」，「一園一圃一茅亭，一水灣環一色青。一個閒人無一事，一詩一酒一茶經。」我多年要想看他的作品，這回無意中讀到他的《水竹幽居》，叫我高興了好幾天。

（49-12-10）

逢場期

我們在城市裏生長的，對於鄉鎮的生活很不習慣，但是未嘗不感興趣。我記得到洛陽去經過關陵，曾看到「趕集」；這種從古代「墟市」演變而來的「趕集」，規模頗不小。在四川江津的中白沙鎮住了三年，每月有九次場期，是逢三六九日，逢場就差不多全鎮的人都來「趕場」，除掉賣農具、菜蔬瓜果、雞魚肉鴨、布疋綢緞、紙墨筆硯到兒童玩具應有盡有；場期各地儘管不同，北碚就是二五八，然而趕場的熱鬧是一樣的。據說江西省有些縣份，如豐城等叫做「當街」，五天一次，和北方「趕集」，四川「趕場」也差不多；所不同的，「當街」不一定在同一地方，今天南街，明天北街。而趕集趕場的地址是固定的。又我到過新疆的喀什，也趕過他們的「巴扎」，「巴扎」和「當街」、「趕集」、「趕場」也一樣，所不同的是出售的物品；那裏當然是關於畜牧的器具，或羊毛成品或馬尾成品為多。就我個人的愛好講，我是愛四川的趕場。逢場期我必定要去逛的，有時在場上還會買到好書。可以同時過到逛舊書店的癮。又有冷酒攤可以喝一兩盅，各色小吃多的是。在這種場合還可以欣賞到真正的民間文藝，什麼金錢板、說評書，有時在場期才會聽個飽。城市人底眼福耳福誰說比鄉鎮來得多？城市裏一天天單調的過去，那有場期來調節我們的身心活動？

（49-12-11）

重慶到成都三條路線

從重慶到成都，一共有三條路線：一是由嘉陵江坐小火輪到合川，開始起旱；經過遂寧、簡陽；到龍泉驛便抵成都了；這所謂「小川北」。一是由長江坐川江輪經過江津、瀘縣、江安、敘府到嘉定；再轉錦江，經過青神、犍為，便抵成都了。這所謂「川南」路。在民國二十幾年才開闢了這「東大路」，就是完全公路，由重慶到壁山、永川、隆昌、榮昌、內江、資中、資陽、到簡陽，上了龍泉驛，便望見了成都。靠重慶這邊一個來鳳驛，一邊龍一邊鳳，恰巧分別是渝蓉的兩個關隘。而龍泉驛的形勢比較險要。成都是盆地，一片平原，龍泉驛好比一座照壁，一下坡就長驅而入牛市口了。

我第一次是走小川北到的成都；二十年，由成都走川南路到的重慶。二十七年以後，三次到成都都走東大道，正是這回解放軍所取的路線，這兩天，他們怕已要到龍泉驛了！只要到龍泉驛，就算到成都了。過去我們乘長途汽車正常是走兩天，但三四天也走過；甚至還走過五六天的。解放軍進軍的速度並不讓於長途汽車，這可謂「奇蹟」。

這兩天我展開報紙來讀，重慶和成都間的風物一一湧現眼前：什麼牌坊麵、糖密餞之類的滋味，彷彿還留在齒頰呢。牛市口的公路站，巍峨的大廈，又彷彿張開手臂，正歡迎大家投向它的懷抱去啦！

（49-12-12）

內江印象

那一年，我重遊成都，正是農曆的正月。川中的氣候早，恰巧立春又早，過內江時，看蔗田碧綠的一片，我寫下〈中呂・喜春來〉一首：「渡沱才動遊春興，掉臂西行已半程。東風一抹蔗田青，千萬頃，蜜裹的內江城！」後來我的朋友朱佩弦（自清）在成善楷的選本中看見了這一首北曲，對於「蜜裹的內江城」六個字讚賞了不得，認為是對內江最好的形容。的確，市里到處是糖鋪，郊外到處是蔗田，不說內江是被糖裹的不可以。只有乞丐特別多，尤其是童丐。當我們車子一停下來，他們便蜂擁而前了。我又寫了一首「內江行」的詩：「內江乞兒滿街走，長者十三幼八九。白身垢面首飛蓬，破碗殘羹捧兩手。一聲哀號數人和，東啼西啼不絕口！行人那顧乞兒啼，但道此邦多富有。邑有流亡責在誰？寄語內江賢父母。」那次同行有黃任之（炎培）、冷御秋（遹）幾位先生。任老看此詩後，極力勸我多做這樣的詩，這種詩和我平日的詩很不相像的，不過，確是寫出內江的一種現象：外面是糖裹著的，望上去很甜蜜，而骨子裏還不是沒有苦味。只要看到這許多的童丐，就夠你搖頭太息的了。內江所給予我的印象，又是甜，又是苦；甜的甜，苦的苦。後來我又走過內江兩次，甜的依然甜，苦的依然苦，三四年間，並不曾改樣；今後也許可以另有一番新氣象了吧？

（49-12-13）

重慶的滑竿

滑竿，是一種交通工具，在西南山嶽地帶是唯一的交通工具。重慶是座山城，在城內除了汽車、人力車、還有轎子；出了城就用滑竿。我居住重慶那麼多年，常笑著對朋友說：「我的重慶地圖是和別人不同的！」因為山城是立體的，別人上坡下坡不在乎；而我所走的都是平面，由上城到下城因為交通工具不同，一定要繞著很大的灣子。雖然，我也曾坐轎子；而且坐斷了不少次的轎杆子。有位朋友說「湯若士的《還魂記》是拗折人嗓子，老兄的金軀是壓折人轎杆子！」從此不敢多坐轎子，於是自製了一幅重慶地圖。

可是，到下鄉的時候，有時非乘滑竿不可；這滑竿比轎子更簡化，差不多全身的重量就靠這兩根竿子支持。我選上又選的選定較肥的竿子，坐了上去；有一回從小龍坎坐到沙坪壩去上課。才轉了兩三道坡，一不小心，連人帶竿盡掉了下來，竿折繩斷，抬我的兩位都跌了個馬仰人翻，所幸我還完整沒有跌成粉碎，從此連滑竿也不敢問津了！雖然如此，我對滑竿還有好感，有時不用竹兜子，放上一張小籐椅，一步一顛的人軟綿綿的，坐在上面（有時是躺在上面的）頗有搖籃的感覺。這東西不知是誰發明的？想得這麼周到，輕便俐落，只是苦了抬的人，比人力車所費的力氣更大了。

（49-12-14）

林庚白軼事

讀旭初翁《寄菴談薈》記亡友林庚白推命致死一節，庚白平日對於他作過《人鑑》的事，不願意去提。但是他又相信自己的推算不錯，曾經談起兩件很靈驗的事：一是在他十年之前算到章行嚴要入閣，而且一定是長司法；後來不獨時間推準了，連部亦被他說著了。還有一件是李根源的「過鐵」，他預先算定。害得這位李麻老高臥小王山不敢出來，到時果然生了個對嘴瘡，動手術開刀，「過鐵」算是過了的，只不曾送掉性命，這也不能說他推算的不對！好在他並不是江湖術士，不靠這一套來混飯吃；朋友們無事鬧著玩未嘗不可，誰想因此他竟為避凶而遭凶了！他在重慶動身前，我曾去勸止他，但他去志已決，沒法能挽留得住。庚白的為人是爽直而又天真的：他忽然不願意作閩侯人了，要改江蘇籍。代朋友寫屏條時，高起興來在詩中加上不少新式標點，他也不管朋友願意不願意。有一回，我乘滬寧夜車，坐的是二等，上車時見隔座有個人在睡著，我不曾注意是誰。當天色快亮的時候，忽地聽到吵鬧聲，我一看才知道是庚白，正在大聲斥罵一個撞醒他的人。我上前和他招呼，把一場爭吵結束掉；雖然他那時也近五十歲了，看他的脾性還像十七八歲的大孩子。只要他一興奮，馬上他的嗓子就提高了！

（49-12-15）

塔

聽說南京中華門外雨花臺，不久將建立一座紀念烈士塔。因為過去在雨花臺殺害過不少革命的志士，所以有人主張在這裏建立。我想：在一百年前，被稱為「江南第一勝景」的報恩寺塔就在這附近。最近從伏子仙老先生家借得一張塔圖，大約乾嘉年間（至少也是道光時的），評事大街綾莊巷何文豐刻字店所刻的，塔分九級，每級一匾額：一是一乘慧業，二是二位方為，三是三寶勝地，四是四海無波，五是五律精嚴，六是六通真諦，七是七寶蓮花，八是八表回風，九是九有口躬。據圖上所注：「明永樂十年北遷，因報高皇帝後恩，敕工部黃侍郎督造。是年六月十五日午時起工，至宣德六年八月初一日完工，共十九年造成九級五色琉璃塔一座。高三十二丈九尺四寸九分，周圍九百十三步，頂用黃金風波銅鍍之，又銅鍋兩口，重九百斤。上九霄龍頭掛鐵索八條，垂鈴七十二個，上下八角垂鐵鈴八十個。九層外共燈一百二十八盞，下八方殿及塔心共琉璃燈十二盞。」無怪這座塔如張岱《陶庵夢憶》所說：「四大部洲所無也！」現在所要建的塔雖不能像報恩寺塔這樣「富麗堂皇」，然而近它的舊址，這也算有意義的事，何況是為紀念這些「成仁取義」的志士而建立呢？那自然是更富有革命歷史的價值了！

（49-12-16）

天京錄

十二月十日是天王洪秀全的生日。明年一九五〇年又是太平天國建國的百年紀念。他們在廣西蒙山縣（當時叫做永安州）建立了太平天國，第三年二月十一日才克了南京，建為天京。直到太平十三年六月，天京失陷；他們在天京有十二年多，我過去搜集了不少資料，又根據兒時所聽取的傳說，寫過《天京錄》三卷：一卷是「宮城建置」，那些王府衙館也附在這一卷裏；二卷是「朝野遺聞」，所有政俗、律令、人物都敘述到；三卷是「大事年表」，逐年排月的將有關天京的大事分別記載下來。因為慶賀這百年紀念，我打算印它出來，近來正在修改訂正，要寫成定本。在清代官書裏對天國是誣衊的，只是西文書裏還有些史實。例如英人吳士禮的《太平天國天京觀察記》說：「天京與全國所見其他城市大異，婦女隨意出行，或乘馬通衢大道，絕不復懼外人，如中國婦女所常為者，亦不迴避我輩。」足見那時的婦女界已很開通了。天國對於纏足禁煙皆做得很徹底的。又像英教士洛斯克給《香港日報》通信說：「南京城外，商務發達，秩序安謐；城內居民則衣食豐足，安居樂業。」天國的稅收辦得比清政府好多了，又頒佈了「天朝田畝制度」，那時世界各國還沒有像這樣進步的政策呢！天京既是首都，一切的興革都可以代表天朝的作風的。

（49-12-17）

盛京故宮近狀

我偶然在家書中想到瀋陽的故宮，和長春溥儀的偽宮底近狀不知道怎樣了？倜兒是這樣答覆我的：「在我離開瀋陽最後數小時，曾跑到舊城去看故宮和文廟。瀋陽舊城很小，城垣周圍原不過幾里，現在又拆毀了些，只剩了城樓和一節短牆。恰巧那天星期一，故宮不開放，我們不能進去參觀；只得站在矮牆外向宮內瞥視。好在牆並不高，這宮又小又矮，當中走道，夾著一個像北京天壇似宮殿，左右一排排的偏殿和御庫。地上野植物遍生，野草已蔓過帶黑色的石階了。宮殿屋頂是琉璃瓦的，瓦松很多，屋簷上也滿是青苔，椽子和柱上雕的龍鳳還在。似乎威嚴並不夠，三百年前該是很好看的吧？文廟在一小街上，破敗得不堪了。從文廟看街要抬起頭來；站在街上看文廟要彎腰；第四進是藏書處，現在只是些殘破的傢俱，滿是灰塵。沒有看到什麼可以說給父親聽的。來長春已好多天，還沒有去看偽滿的宮庭。那偽國務院是在解放大街，就在史達林街旁邊，現在是長春中國醫科大學的校舍。我已約好東北大學的同學，準備一份思古的幽情去徘徊一下子！」雖然說的不夠詳細，但比單看風景照片好些。所謂「新京」的「故宮」的情況，我還在等待他的報導呢。

（49-12-19）

記：張玄

《寄庵談薈》說到張充和演劇事，使我想起她的身世。在二十多年前，我在光華大學教書，她的二姐曾跟我讀過書，我知道她們的父親在蘇州王廢基辦樂益女子中學，她們的生母早逝。充和是四姑娘。她用「張玄」這名字進了北大中文系，大家知道她唱崑曲好，還不知道她一手小楷寫得很好。她隨身帶著好幾個手卷，一是她寫的《九歌》，一是畫卷。「張玄」，就是「張黑女」，她也許因為皮膚有一些黑，所以她襲了黑女之名。她從小跟奶娘長大的，一切生活方式都屬於「閨閣式」的，愛梳雙鬟，愛焚香，愛品茗，常常生病，多少有些「林黛玉」的樣兒。據我們所知，有好幾位北大出身的文人追求著她。而她由昆明到重慶的時候，正有位「老」友。有人問她何以不能離開這老友？她說：「他煮茗最好，我離開他將無茶可喝了！」結果還是分散了。在北碚時，丁西林是常來看她的。我的家正和她作比鄰。有一次，我曾嚴肅地對她說：「充和，你是不是準備這樣過一生了？在舞臺上可以演出傳奇中的人，但在我們日常生活中不能這樣的！」她說：「多謝您好意，等我將牙治好，我也要重新做一個人。」這時她正患牙疾，忍著痛楚還替我寫了一本《窺簾》南劇，連工尺譜抄寫得很工整的。

後來她北上了，好久未聞訊息，去年曾接得她和北大一外籍教授的結婚請柬。在上海解放前一個多月，一天在愛多亞路我遇到她，她對我說，正在領事館辦護照，她隨丈夫回「國」去了！

（49-12-20）

聞老舍歸國訊

我和老舍認識了好多年，記得初次見面是在鄭振鐸兄家裏。但我們的熟悉，是在三十七年聚集在漢口以後的事；尤其我們同在北碚的三年，幾乎無日不見，見了也無話不說，我們都是愛開玩笑的人，有時喝上五六兩大麯，我老是唱「山門」的一支〈寄生草〉，他也老是「釣金龜」唱那幾句老旦。他的兒子舒黑石畫的魚蝦貼在壁上，給大家欣賞。「黑石」的得名是老舍給起的，因為他這兒子的畫，是從齊白石學的，就算「青出於藍」，讓黑於出白，好在白石是老人，他兒子那時還不滿十歲呢！我有「畏會病」，一聽開會就要頭疼；他卻熱心於「戰時文協」，那幾年「文協」完全是老舍和幾位在那裏支持。恰巧趙清閣也住在北碚，他跟清閣合寫過劇本，似乎他對「戲劇」的寫作很熱；除正在寫《五世同堂》（注）外，就是寫戲，短篇寫得最少。隔著嘉陵江，有洪深在寫《女人女人》，他們的劇本都是在沒寫成時，我就聽到他們自己的宣讀的，這是最有趣的事。後來他決定應美國之邀，準備西行；我還對他說句笑話：「也許此去你要吃《駱駝祥子》了！」因為他這部小說的譯本聽說在美銷行很廣的。一霎眼就三年了，聽到他由美回到勝利的祖國的消息，我很興奮！他已抵達到香港。我想：也許他不會取道滬寧北上的。我們何時再見面呢？明年，我想，明年一定要會見的！

（49-12-21）

注：據《冀野文鈔》編者注，大概為後來定名的《四世同堂》。

三遊半山寺

在一個苦風淒雨的傍晚，我又遊了半山回來。算起來這是第三次。三十年前，我第一次來遊，走的是小徑，不是這柏油馬路。半山寺的門前，有幾個漁父在曬網。那兩棵松樹相傳是王荊公手植的。又順便逛了謝公墩，荊公的「我名公字偶相同，我屋公墩在眼中。公去我來墩屬我，不應墩姓尚隨公」。所謂「爭墩」的一件公案，我那時很有興趣的在這裏和同遊者談，我們心目中的王荊公是詩人，是文家，覺得他的可愛。半山是由城東門往鍾山去的一半路，此後我雖遊過鍾山，因為半山寺要繞道，地偏僻，始終沒有再去遊。一直到勝利後的一年，半山這區域被鹽務總局所經營，建造了不少房屋。是個夏天，有人約我去吃飯，我才得第二次遊半山寺的機會，寺裏駐軍不能進去，寺後的王荊公墓上憑弔了一番，這時我所認識的荊公是一個政治家，一個革新論者，實踐與理論不能符合。宋人話本的「拗相公」對他的攻擊，列舉人民怨恨的事實，多少給了我些影響，我對荊公已不覺得可愛了。看到謝公墩，我也知道那時荊公的錯誤，這位謝公是謝玄，不是謝安石，爭墩爭得無根據！半山寺一次次的變了，我的見解也跟著變了！這第三次的去因為在風雨中，為時更暫。半山寺是古蹟，王荊公是古人，好像離開我很遠似的。

（49-12-22）

江浙方物

張宗子在他所著《陶庵夢憶》卷四中，有「方物」一則。他說：「越中清饞無過余者，喜啖方物。」除了北京的蘋婆果等三種，山東的羊肚菜等四種，福建的福橘等三種，江西豐城脯，山西天花菜各一種，下餘都是江浙的方物，包括蘇州、南京、杭州、嘉興、蕭山等處的物產。他說蘇州的帶骨鮑螺、山查丁、山查糕、松子糖、白圓、橄欖脯；這些有的名稱怕已改變，但是足見得像松子糖自明代末年就有了名的。至於說南京的有套櫻桃、桃門棗、地栗團這三種我們不熟悉；而窩筍團，山查糖在今天仍然有人家會做的。窩筍是南京人對於萵苣的特稱，在四月裏，將窩筍一條一條地曬乾，用玫瑰花瓣作心子，捲起來做一團，現在通稱為「窩筍圓兒」；我在別處沒有見到過。山查糖，現在是叫做「糖球」的，作法和北京的冰糖壺蘆同，前者須家庭特製，後者是有小販叫賣的。想不到三百多年前，已有人愛吃它了！宗子雖說是川籍，究竟在山陰長大的，對於浙中方物列舉更多，好些我們都沒有嚐過，不敢妄議。說到海味如台州瓦楞蚶、江瑤柱；獨山的三江屯蟶、白蛤；因係海產古今當無分別。惟有農產製造品和家庭的一些製法給它保留下來是有價值的。我愛讀宗子這篇文字，倒不拿看「食譜」的眼光看它的。

（49-12-23）

味諫翁會晤記

董必武先生的書室名署作「味諫軒」。在重慶時，我聽說延安印出一些地方劇，託他討一份；他便以自己所藏的本子贈給我，那上面蓋著「味諫軒藏書」印，所以我老是稱他為味諫翁的。自那年共產黨駐京辦事處撤退後，我們快三年不見面了。這一次南來，很想跟他談談；他聽說我患了血壓高症，不知能不能出門，打算來看我，剛巧有會；所以請了一位高先生來，約在第二天作了一次長談。這一次的談話是很有意義的，因為有好幾件事十年來不能談，從前不便問他的，如今可以得到解答了。我笑著對他說：「據說蔣介石還通緝我，你們地方工作同志又懷疑我；我六個月來不曾說過一句話，會到你要把所有的話痛快說一說！」說到整整四小時，似乎我也沒有話再說了；可是從必武先生的許多話裏，使我對於現實更有深切的瞭解。這一位年近七十的老翁，身體依然這樣健壯，精神這樣好；我愧不如他。他又告訴我：「黃任老又生了一個兒子！他才老當益壯呢。」味諫翁也愛寫詩的，我問他何以不印將出來？他說曾和伯渠商量過，怕大家認為我們提倡舊體詩，報紙上發表發表是可以的。他反問我，血壓這樣高，還常作詩不作？「好的，久不彈此調了，因翁之故，說了不算，我還要寫一首長詩送你呢！」

（49-12-24）

注：原報紙第二版附詩一首。

滿宮的憑弔

我接到倜兒的信，他在長春搜集寄給我一大堆關於偽滿的資料；內中有《康德即位寫真冊》和《子供滿洲》的畫本，大都出日人之手，日本的攝影印刷技術算不錯的。倜在十二月十一日特地到東長春去看偽滿宮。他說：「走到東五馬路底就遙見一座黃色屋頂的房子。我去問人知道這就是滿宮，門前夠冷清的；宮並不大，是一座二層樓的鋼骨水泥的建築，殿連著耳房，金黃色的瓦依舊在斜陽裏閃耀著光，宮的外形還未倒坍，可是裏面連門窗都完了，由宮殿到外垣還有一道內牆，內牆外邊是空地，滿地的瓦礫，凸凹不平。殿的西首有一座小山，說不上山，只有幾棵小樹。內牆迎面和外垣都有朱漆的鐵門，原先漆有『滿洲帝國』的國徽，經過風雨剝蝕，已黯然無色了。鐵門深掩，宮無一人，站在那兒憑弔了一番！外垣一段是硃紅的，一段黃色水泥的，又一段黑磚的。轉角處相當距離還有堡壘一座，兩道宮門皆是如此！那些傍門都堆上瓦礫，還布了鐵絲網。朝南一日本神社式的門，好些層石臺階。這滿宮所給人的印象，和那『國家』一樣不倫不類的，似日似華，非驢非馬；一路的柏油路，現在都沒有什麼柏油，馬糞一堆一堆的，這樣的紫禁城實在談不上什麼『龍樓鳳闕』，說它是一個什麼『辦事處』，也許還差不多。」

（49-12-25）

東陵瓜

我跟必武先生又談起：南京留下來的一些公務人員，流落得夠慘的！他說：「這是要處置的；可是他們的生活方式也得改一改！唉，東陵瓜！」從這邵平種瓜，他告訴我：「濤貝勒，你記得罷！當年這載濤出使德國欽差大臣的時候，李書城是小隨員之一，那時真煊赫一世。他如今還在，身體還健壯，替人家踏著自行車送信。他想當一名錄事，找人向書城說。」我忽然想到了攝政王載灃，必武先生說：「聽說載灃也在北京，病倒了不能起來！也是窮困不堪！」從他們看來，民國十六年南下的災官和現在南京的編餘人員變遷還不算頂大的！我談起南京情形，當日六十萬人口，有十四萬人直接間接靠緞業為生，城南一帶的土著，機戶要占若干。自從瀋陽淪陷，緞的銷場減少，南京就失去生產事業的中心了。現在若靠「關門種菜」，那不能解決這失業問題的！不如就緞業一點基礎，重新設計：仍用絲織品作為出口貨，及今從事，尚不嫌遲。這二十多年是白過了！我這意見回來以後重複的寫進那首詩。這次在重慶因為楊虎城的被害，我很替張漢卿擔心。必武先生也說：「張漢卿的性命一定難保！這樣屠殺又何苦呢！」我們都不禁地嗟歎，又回憶抗戰初起，我們在漢口初見面時的許多事情來。

（49-12-26）

西崑曲

旭初翁說起「西崑曲」那一段舊公案來（見十四日本報《寄庵談薈》），這事原委實在與鄙人有關。為挽救崑腔的頹勢，我主張「三多」：一是多唱北曲少唱南曲，二是多唱淨丑的戲少唱生旦戲，三是多唱小戲生戲少唱大戲熟戲。這第三點是指《還魂記》、《長生殿》說的。由於我一位姑丈甘貢三先生那時在北碚，我便與傅心逸所領導的漢劇隊合作，給他隊裏的兒童學習崑腔。貢三先生教了他們兩三個月，認為唱工還可以，道白大費氣力，因為這些兒童湖北籍的多。我鑒於工尺譜不能普及，建議楊蔭瀏兄和吳南青四弟，請他們做譯譜工作，譯成五線譜和簡譜。當時有人認為這便不是崑曲了！我擬改名為「元明曲樂」，又嫌太文雅了。有一天，我說：「詩裏有西崑體，難道曲中不能有西崑曲嗎？」我替心逸寫一屏條，有詩一首：「大漢天聲一幟張。嘉陵江水叶宮商。人間別有西崑曲，一任他年誚魏梁！」這樣西崑曲的名稱竟叫了出去，可惜沒有兩年，這件事並沒做得成熟！究竟我這做法對不對呢？就崑腔講，是不是可以這樣做？那時我的心理非常矛盾！最近「新樂府」的出演我還沒來得及去看，聽說期滿後已經停鑼了！崑腔難道就這樣沒落了嗎？還是「人謀不臧」，仍有它的前途呢？因說到西崑，我又不禁為崑腔而彷徨了！

（49-12-27）

一朵紅花

我的幼女參加「少年兒童隊宣誓典禮」回來，胸前佩帶了一朵紅花。她的哥哥姐姐們這些黨員團員都圍攏在這小隊員的身旁，問長問短。今天十二月十八日，總共是二千二百十二位小朋友第一次會師。一個江北口音的告訴大家：要好好學習，懂道理；明白什麼事情是對的，什麼是不對的。要常常運動，注意身體衛生；要做好的有益的遊戲。要參加自己力氣做得到的勞動，要守規矩，要和大家小朋友要好、團結、互相幫助，做一個好少年。還有人要大家做一個模範兒童，新中國的小主人翁。大家多麼快樂，劈劈拍拍的拍掌把手掌都拍紅了！她又把誓詞背了一遍。簇擁著走向我的面前，她看著這一朵紅花，笑著向我鞠躬。這時我心裏正豔羨我下一代的這許多小人物們！在我像她這樣小的時候，抄著手在袖子裏，面前攤著經書，有時臨著帖；偷眼望一望老夫子，同窗們彼此話都不敢說一句，跟她們完全是兩個世界。象徵著我們童年生活的是孔聖人牌位前的紅燭，燭光搖搖不定；那裏像她這一朵紅花，又鮮明，又飽滿；牢牢的繫在胸前，正象徵著她們的天真活潑。我現在已不願意再習於記憶了。因為記憶是無益現實的。我對我這幼女說：「好的，孩子，你珍惜著這一朵紅花，這一朵紅花該永久繫在你胸前的！」

（49-12-28）

在渝被殺的周均時

在解放重慶的前夕，殺害民主人士至五百多人在磁器口這一帶。遭難人的名單一直不曾發表，只提到周均時、王白與幾個名字。我知道王白與是新蜀報社社長，好像還是「益社」負責人之一，可是我並不認識他。我只認識周均時，那時他在同濟大學校長任內，常常到川東師範（教育部所在地）和老友吳士選作業務上的接洽。他總吃得醉醺醺地，原來他是有杯中癖的；為人極和易，並不堅持個人的意見，彷彿無可無不可，不像一個激昂慷慨的人！重慶市成立了參議會，他也是一個參議員。據說他在捷克學習過兵工，在抗戰期間所用的輕重機關槍一部分中國自造的，都是由他繪圖監製的。他是個瘦長的身個，有一撮東洋鬍子，坐在那兒常常半天不說一句話，他說起話來也可以滔滔不絕。望著是個無可無不可的，越是倔強堅毅；他的和易是對朋友，對敵人也就不大和易了！像周均時這樣，畢竟算是一個酒人，酒人性格是會這樣的。磁器口這地方出產小花參。冷酒店很多，我在沙坪壩去上課的時候，有時在磁器口歇一歇腳。現在我閉著眼想起那地方的情調，重傷這位酒人的身世；我看反動派真是瘋狂了！日暮途窮，倒行逆施！你們殺戮到了像周均時這樣的人，還說你不瘋狂，那才怪呢！無端損失了一個兵工學家，這也正是國家的不幸！

（49-12-29）

莫柳忱軼事

楊虎城將軍被殺的消息證實後，拘禁在新竹的張漢卿底安全已是全國人士所關心的了。接著聽到在十一日也被難的傳說，但沒有想到莫柳忱（德惠）也在犧牲之列！柳老的名字我們知道得很早，認識他不過才十年。我們一同旅居在重慶的時候，他真窮得可以；太太在病著，一大堆孫男女跟著他生活。有一度穿著很襤褸，他沒有錢做新衣服。但是他很沉得住氣，他樂觀，決不因個人的貧困而影響到抗戰必勝的信念。他平常自奉很儉樸的，不抽煙，不考究飲食。到南京以後，他住在鼓樓中國銀行的樓上，朋友們常常在他那兒聚會。柳老少年的時候，是學警政出身的；又作過多年的外交官，所以他有謹飭的容貌，並擅長辭令，在任何場合發言都很能中肯扼要的。他在東北當然算是前輩了，張漢卿看他是父執，他極戀舊，在修文、在臺灣，他都得到機會去看張漢卿。從他嘴裏我們知道張漢卿的近況，他對於張的親近並沒有什麼企圖的！這一次如果連帶的被害，好比誅夷方孝孺的「十族」，他應是算在張漢卿的「第十族」的！我聽到他這噩耗，不由的想到成都旅邸的夜話、重慶柴家巷秋晨的閒步、南京介壽堂的晚宴；他的聲音笑貌一一還在我耳目之間，那料到他竟也斷送在血腥的屠夫底手裏呢？

（49-12-30）

（原報編者按：張學良、莫德惠等被害之訊，尚未能證實。）

元旦開筆

在我十歲光景，到了元旦，曾祖母便指點我，她念著我寫：「元旦開筆，筆上生花，花中結果，果然如意」這十六個字。那時我還不懂什麼「頂真」，其實這就是「頂真格」。曾祖母是八十來歲的人了，她一定也為我剪紅紙作「筆、錠、如意」狀；將我寫的這些字一併貼在窗櫺上。她老人家說：「元旦是一年的第一天，在這一年的第一天開始執筆，要取個吉利兒。」我從那時候起到現在老是離不開筆，東塗西沫，混了半生；她老人家逝世已有三十多年了！我這支筆究竟為了誰在寫？寫過了多少像樣的東西？今天又逢元旦，我倒需要自己檢討一番了！因為這次元旦和以往元旦不同。以往我的寫作只是「自我的發洩」，跟社會跟人民大眾關係甚淺；有時還覺得「索解人不得」！縱然有一句兩句掛人齒頰，也只限於很小的圈子裏。這枝筆雖辛勤的在耕，而收穫並不大！今年起我要改造這一切：「筆上生花」這花要給大家看；花中有果，這果亦必屬於大家的。我為大家得如意而如意！把這枝筆和人民大眾相結合，為人民大眾而服務。什麼「孤芳自賞」。小我的陶醉，這些今後將不再干擾我的筆尖；我把十六個字重新寫了下來，既不是取個吉利兒，也不是迷戀我的童年時代；十六個字仍然是這十六個字，它的含義與舊日大不相同了！

（50-01-01）

談：孟姜女

倜兒寄的《子供滿洲》中有兩頁關於孟姜女的，一共是六幅影片：①萬里長城（古北口），②長城一角，相傳孟姜女投身處，③姜女廟，④姜女所登的望夫石，⑤孟姜女的塑像，⑥望夫石下相傳是姜女的足印。圖印的甚為明晰，還有吊孟姜女的一段話，似乎根據當地對於孟姜女的傳說，也算很詳盡的。在二十年前顧頡剛兄等曾收集過孟姜女故事歌謠，成數鉅冊，那時國內民俗學研究還沒有基礎，民間文學藝術又沒有今天發達；但是以孟姜女為題材的已就夠多的了。在北方所說的如「望夫石」和「足印」之類，似乎南方人並沒說到；而南方人著意說到的是「送寒衣」，和「哭倒長城」；尤其是反映在歌謠小曲裏，大都「各抒已意」，你有你的孟姜女，我有我的孟姜女。這萬里長城的建築原是偉大的人民力量底表現，雖然在暴君與外族的雙重迫害下，輝煌的長城畢竟是二千年前一個奇蹟，杞梁（就是傳說中的萬喜良）他算是當時一個勞動英雄，可惜在暴君的手裏他畢竟犧牲掉，而永遠活在人民的心裏。孟姜女的尋夫，在我們今天看來倒是愛情和工作結合底好榜樣！敦煌石室中所發現《雲謠集雜曲》裏有關於「杞梁妻」歌詠的痕跡；只有漸漸用封建的看法，把她變成《琵琶記》的趙五娘去了，甚至於像《五家坡》的王寶釧了，那便失去孟姜女傳說的精神了！

（50-01-03）

談新京戲

我並不是形式主義者。但是，一種新的事物，既名為新的什麼，必定要包括「新的」和「什麼」兩部分。例如新酒，一方面的確是新的，一方面還的確是酒；不能拿著茶來，一定說這是新酒！茶可以叫新酒，酒再叫新茶，根本茶酒就混淆起來了。你要說我對茶或酒認真就是形式主義，那你又何必叫新酒呢？不會率性不用酒這個字多好呢？最近在南京聽到有幾位朋友爭辯新京戲就是如此。一個說既然是新的京戲，我們不能離開京戲，你把京戲的一切都否定掉，我不承認這是新的京戲。一個說，你們太重形式，這時代還談這些！請注意我們只重視的效果，為「藝術而藝術」的那套，你們應該揚棄！這個不服，那個不依；各有各的是非。一切的新舊之爭是免不了的，然而新京戲的爭辯不止是新舊問題，而且是名實問題。有幾齣戲與其說是新京戲不如說是新話劇，因為這裏只有很少的鑼鼓唱詞屬於京戲，對話、動作、服裝、佈景、道具、和整個的場面倒是屬於話劇的。如果我們說它是一種新歌劇，反對者一定很多，因為歌唱部分太少了。而對話純粹是話劇式的。但是叫它做新京劇，雖然也有論戰，必無結果。有很多朋友不想發言，他們徵求鄙見，我回答他們：「新京戲當然還是京戲，我雖不是形式主義者，卻不能完全拋開形式不談。」

（50-01-04）

胡三先生的故事

我在〈酒人補記〉一則中想到詩人胡翔冬，胡先生的遺風餘韻，到今天南京知道的人還很多，南門外的人叫他做三太爺，有些朋友直呼為胡三怪。他自已說：「父母不以為子，妻不以為夫，子不以為父，此之謂三怪！」其實，並非事實，他只如此說說而已。他自述小時候的故事，我最記得兩樁：一件是對對子。在私塾裏，塾師根據《龍文鞭影》出了「龍頭可殺」四字，那一位小同學平日帶糧食到塾中來從不給他吃，這回對不上對子，卻來請教他了。他說：好的，我替你對！看你對門不是豆腐店嗎？那兒不是拴住牲口嗎？驢尾對龍頭，亂搖對可殺，不是很好嗎？那小同學連忙將「驢尾亂搖」四字寫上送給塾師看。誰知塾師打一下那小同學的頭道：「你還不如索性對上狗屁不通呢！」另一樁是借驢，有一位朋友很吝嗇，有一匹好驢子，胡三先生這一天將它借了來，走在街上遇著賣油條的，他一定跳下來買一根來喂它。這樣搞了三天，驢一見賣油條的便停了下來，他也就把驢子送還了驢主。糟糕了！驢一見賣油條的停下來的時候，驢主初還不覺得，再加鞭子它卻不再移動一步，後來才知道上了胡三的當了。胡三先生這一類的故事很多，他的詩在近代詩壇也是一個別具風格的。

（50-01-05）

飥饠

飥饠也許是南京特有的物品，它是用糖麵做成的，像麵包似的，皮烤得很脆的。它不是供普通人吃的，在每年十二月二十八日家人將祖先影像掛出來時，影像前面便供著飥饠。一直到第二年正月十八日落燈捲起影像時，用它煮年糕作為結束年事的一頓點心。這兩年來飥饠已漸漸在市上絕跡了，因為戰後能保存祖先影像的人家就不多了，既無影像不需要飥饠，它的銷量減少；再過兩年這兩個字要問諸南京的少年，他們一定瞠目不知所對的！我對於飥饠並無好感，因為麵粗糖薄，放上二十天，積了不少灰塵，連年糕的滋味都不佳，何況它？然而南京的老人見到它容易發生感慨，有一句俗語「回回坐首座，漸漸吃飥饠」。年歲一大，在應酬場中往往推坐首座，這就是說你快回去了。「吃飥饠」就是代表「祖先」，一個人做了祖先還有什麼好說的呢？儘管在相罵的時候「我是你祖宗！」果真，請你去做先人；能有幾個人肯去做的呢？老人常常有畏懼心，看見飥饠，就會有「日薄崦嵫」之感，對它哪裡會發生興趣呢？中年人對它也無興趣，認為它不好吃。少年和兒童更是厭惡了它！所幸它已不暢行於今日了。你在外省甚至於沿滬寧線各地就從來沒有看到過飥饠，可是我們南京人捲起舌頭來讀這兩個字音，我聽見異常感到親切。

（50-01-06）

洗臉照鏡

一張毛巾，一面鏡子，這差不多是家常所有的；每天要洗臉要照鏡，這也沒什麼值得詫異的。不過我這裏所說的「洗臉」、「照鏡」不是平常的意義。昨天，一位年輕朋友來看我，他說：「現在還有人在擺架子，搬經驗，自以為了不得。他還不知道『洗臉』，也不知道『照鏡子』！簡直是沒換過腦筋」。於是這洗臉照鏡四字以嶄新的姿態補入我的辭彙中。洗臉這件事在平常被應用，除了睡眠或進餐以後；只有旅行回來，初卸行裝，借此一洗風塵之色；此外只有弄髒了臉的時候，非立即去洗不可。寫進文章裏的「洗面革心」，似乎便充分說明滌穢蕩濁的意思，妙在心和面同時提到。現在所說的洗臉是不是就和「洗面」一樣的呢？要洗去污濁？還是更進一步要改變態度？第一句話正確，那便是說明「還我本來面目」。第二句話正確，那麼就要跟人家看齊。細細想來，這兩種說法是各有各的道理的！至於「照鏡」，似乎也可分成兩說：用一面鏡子來照，使我隨時知道自己，藉以矯正自己；這是一種說法。鏡子裏有一個標準，拿我來比較這個標準，使我知道自己和標準的距離，隨時可以提高自己；這又是一說。洗臉固然需要照鏡子；就是不洗臉的時候，也不可無鏡子在旁；我感謝這位年輕朋友的啟示：洗臉照鏡子是省不了的事。

（50-01-07）

病榻速寫

在健康的時候，不覺得健康的可貴；到了生病，只懊悔在未病前沒有好好享受一下，這是早些年的心情。現在就不對了，偶然生了病，彷彿得到休息的機會，覺得病的可貴，生病也成了一種享受，能躺一躺也是好的！藥爐茶灶，這氣息，這情調，倒覺得也不錯。從前在狂飲之時，不愛吃藥，病了還是喝它幾大杯，有時發發汗，病也就好了，一股勁兒，仗著那股盛氣，病往往就嚇退了；如今沒有這種事了！到了冬天，受一點涼，招一些風，馬上就咳起來了，接著痰也多了，有時也喘起來了。坐著不安逸，要睡；睡了不安逸，還是爬起來坐著。白晝猶自可，夜裏卻不是味兒，而咳的最厲害的偏是夜裏。「公自醫」無效，於是希望我那學醫的兒子回來，哪知道他一回來，我完全失去自由，我不想睡他偏讓我睡，我又怕他送我到醫院去。我心裏想：「有醫生做朋友還好，有醫生的兒子活該我倒楣！」這只是想，嘴裏還不敢說，等他回醫院去，這又是我的天地了。但給他這搞一下，三四天不出大門，果然好不少，我又惶惶如有所失，「唉，早知還是多休息兩天！」既然病已霍然痊癒，也無再靠在病榻上的理由，我只好又依舊的「健康」了！

（50-01-08）

大鐘亭的故事

提起南京的鼓樓，誰不知道；在中山路還沒有闢成時，這地方差不多是城北到城南的要道。和鼓樓同時建立的鐘樓，似乎知道的人就少了。在保泰街西北，那一座大鐘亭到現在還存在，還懸掛著一口大鐘，旁邊有座祠堂，供奉著三位女像，她們是誰呢？這裏面有一段極動人的故事。以往方志上並無記載；我在幼年，在成賢街讀書，曾去訪問過。祠堂看守的人，每天送進去洗面水、淨身水三遍；一年四季按時節還替這三位女像換衣裳。據他說：這是三姊妹，她們的父親是個鐵匠，洪武年間蓋鐘樓時，命他鑄這一口大鐘，那知冶鐵在爐裏，每到快收工，這爐就毀了。限期早過，鐘始終鑄不成；去求教一個道士，道士說非用人去釁鐘不行！「誰去好呢？」這鐵匠焦急非常，這天又冶一爐鐵，他的大女便跳進爐裏，不成；他的二女又跳了進去，一直到第三位女兒跳到爐裏，才把鐵冶好，鑄成這一口大鐘。鐵匠是免了刑戮，而這三位女兒卻為了鐘犧牲。結果在鐘亭旁，為這三姊妹立下座祠堂，並把殉鐘的經過鐫在鐘上。這好多年走過鐘亭，都不曾進去過。今天從玄武湖回來，見到鐘亭忽然想起三姊妹的故事，我覺得這三位女性的偉大，不獨為了救父；這種犧牲的精神，是不平凡的！

（50-01-09）

月當頭夕

一連下了這麼多天雨，今天（三日）總算晴了。恰巧是冬月十五，俗稱「月當頭」。南京人說起月當頭來有好多神話，從前在這一天晚上，秦淮河一帶，畫舫酒樓，燈光竟夕；遊人在月正當頂的時候，往文德橋一站，低頭看橋欄下的月影，左邊半個，右邊半個，叫做半邊月。不知多少次月當頭，我都未能免俗的去過文德橋，而那半邊月的勝景卻從不曾看個明白！流亡的十年中間，每到月當頭，我總睡得很遲，看看中天的月色，想想文德橋頭的盛況，很容易的引起我的懷鄉病。今年在久雨之後，度這良宵，我卻沒有到秦淮河去，雖然不免也破了早睡之例。沒有什麼好想的，只懷想我那在長春做客的倜兒，開開墨盒，寫了一首〈臨江仙〉：「惆悵年年今夜月，清輝偏照遼東。少年落落氣如虹。果然投筆起，萬里去從戎。衰病一身真老矣，頹唐應笑而翁。南天倚杖望歸鴻，深宵人不寐，掠鬢盡霜風！」我素來反對歎老嗟窮的話，也許因為健康的關係，近來常常有衰老的感覺，一下筆這些字面就來了，隨它去吧，寫了這算是了卻一件事。這時月色明朗，坐在窗下有些冷，又捨不得去睡，翻翻書，有些支持不住；在院裏小步一會，我暗暗的默念：「萬事不如杯在手，人生幾見月當頭？」還是回房睡了。

（50-01-10）

忘詞

昨天，南京的票友們在「工人之家」舉行公演，這回的戲算是新排的，沒有練得熟。有位去小生的，日夜攻苦，臨時抱佛腳，哪裡曉得一上臺竟忘了詞，搞得很僵。戲總算是演完了，他很懊惱，告訴我：「這真想不到，我分明搞得熟了，臨上臺還背了兩遍；誰知上場昏，第一句脫口而出，第二句便接不上，幾乎下不了場！真奇怪！」他悻悻然不能釋懷。我說：「這原怪不得你，你不是唱小生的。何況強記是靠不住的，越怕忘詞越會忘詞。雖然脫筍還不大露出馬腳來，究竟班底彌縫得快。這是演戲，要是演說更糟糕！」我嘴裏儘管這樣說，我想起趙景深兄常講的那笑話：「一個唱花臉的忘了詞，他只記得是七字句，沒有法子他就唱成「一二三四五六七」來了。我不免心裏暗暗發笑。忘詞，這景況是相當窘的！在機警的人，還可以抓幾句詞來搪塞；熟練的人，也還可以借幾句別的詞來擋抵一陣；只有新人忘了詞，立時就「捉襟見肘」。俗語說的好：「拳不離手，曲不離口」，靠強記，靠臨時抱佛腳多是不妥當的；好在票友又比職業演員好些，還不至於被噓。再說到演說，照文稿讀，或預寫綱要看著講，這也是一種辦法。可是參加演說比賽的少年們，就常有忘詞的事；因為你怕忘詞，所以你就常會忘詞的。

（50-01-11）

一字電報

這不是故事。這是七八年前的一件事實：那時已是抗日戰爭進入第四年，大家多把眷屬送到山洞、歌樂山、金剛坡、北碚一帶，自己在重慶城裏辦公。電話聯絡不便當，郵件又嫌慢，於是稍微緊急一點的事都用電報，不過電報費相當貴，有一對少年夫婦約定了一個字，這號碼是「五六三二」。這一天，他在城裏接得妻的電報，正在挪借款項準備送下鄉去；卻被一個特務注意前來調查了。「你是不是接到一份電報？」調查者問。「是的，有一份電報。」他回答。「為什麼只有一個字？這是什麼字？」又問。「哦！你問這個字麼！這不是字，你將這四個號碼，拿它當作簡譜唱一唱好了。」他很狡獪的再答覆那問者。這時弄得那特務很窘，嘴裏念著：「五六三二，所臘米留」……少年笑道：「對！速拿米來，速拿米來。電報費太貴，我的妻子是學音樂的，所以她用一個字的號碼，通知我叫我快點拿錢回去買米呢！」他又將在同事處借的錢（這時還拿在手裏）舉起來給他看。總算一天疑雲頓時消釋，特務走了，他也搭班車下鄉回家去了。這一個字的電報傳出來，大家沒有不拿它當笑話談的，也有的人後來照樣採用；好在簡譜不是五線譜，認識的人是比較多的。

（50-01-12）

鼓山轎

是農曆的新年前後，我住在福州的大橋左近。安排好日程，準備度這幾天年假：（一）打算去掃石遺老人的墓，（二）去青芝寺玩，（三）上鼓山。前面兩個計畫都不曾實現，而鼓山之遊終於在初五成行了，同遊者有彭濟群。閩江輪船公司為我們備了汽划子。一直送到鼓山山腳下。招待我們的人看彭先生滿頭白髮，我又這麼蹣跚怕走路，於是代雇了小轎。想到鼓山的山轎，可笑壞了人！原來這轎是方盒子式，比清代的綠大呢轎還要大。抬轎的是四個農婦，每人插滿了一頭的紅花，轎是黑色的，轎杠並不上肩，低低的，緩緩地前進，無異向前拖。我坐在轎裏悶得慌，好半天才走了半里路；忽然想起古人的「車廂閉置如新婦」一句詞來，忍不住笑起來了。最後，實在忍耐不下去了，喚她們停了轎。這時已到王審知的更衣亭，遠遠看彭先生也下了轎。我們一同要求那位招待，請照價給她們，我們願意下來走。她們弄得莫明其妙，也相視笑了起來。山轎停在更衣亭旁，歇了一會兒，望著她們又抬了下山，只像兩個大黑盒子在山路上蠕蠕而動；濟群搖了一搖頭對我說：「還是自家走的好，這轎子坐得不是味兒！」我們在鼓山遊了一天，仍然策杖下山，看見山轎不敢問津。我那時心想：假使轎前加上紅黑高帽四人，倒有些像出會。所幸下來快，不然走到晚不知道還能走到山頂不？

（50-01-13）

一塊肉

南京大學醫學院師生組織了服務隊，在南京的近郊四鄉去施診。這一天，又到了茅公渡。當地的土人過去還有到廟裏燒香乞符水的一套，自從經過他們動手術、打針、照愛克斯光，當面見效；漸漸對於科學的醫藥起了信仰。第二次服務隊到來，一鬨便來了好幾十家病人，其中有家姓胡的，抬來了一位少婦，陪伴她的是她母親。她正懷孕，已快臨月，檢驗下來原來她的臂上少了一塊肉。她母親哭著訴說：「我這女兒是嫁給王家村的，她家那母老虎似的婆婆專和她作對！動不動就打，她是有肚子的人，母老虎也不管，自己打還不算，叫她兒子也打；打了不算，先生您看，硬給他們咬掉了這塊肉，爛成這樣！要緊不要緊？先生看：不得爛掉這隻膀臂罷？說著她這母親就跪了下來。服務隊師生當時洗傷口，敷藥，又替她包紮好了，照乎她母親好好送她回去，準備按日換藥。當天服務隊做完一日的工作，在彙報時，大家便提到這王胡氏少婦。認為在這時代還有這樣的惡姑，這是社會的病。咬掉這一塊肉，在治療方面當然不頂困難，然而要治療這咬人的人倒不是我們一般醫生做得到的！這一次在茅公渡見了這怪事，是值得注意的。我的大兒子參加了這服務隊，回來告訴我，我便把它記下來。

（50-01-14）

奉懷菊老

閱報，知道張菊生（元濟）先生在主持商務印書館的會議，在議席上病倒了。他是八十以上的高齡，突然「違和」，頗使我懷念的。記得在上海解放前幾天，我在合眾圖書館遇見了菊老。那時上海非常緊張，我說：「菊老，您親眼看見的事很多。」他說：「是的，自甲午起，那年我已到了北京。戊戌有我參加的。辛亥、丁卯、丁丑……」這位老人家依然很康健，很樂觀，等待上海的解放。那一副老式的眼鏡，長袖馬褂，紮腿的褲腳；和一種藹然可親的態度，這在李拔可先生介紹我初次和他老見面時是一樣的，這已快是廿年前的事了。不久，上海就獲得解放，菊老應人民政協之邀，僕僕風塵，北上南下的；我為新中國祝福一位耆老「老當益壯」。他早歲所參加的戊戌維新雖然沒有實現，而暮年看著新中國的建立，並且身與其事，這也是一大安慰。他畢生所經營的商務圖書館，過去是遠東唯一的出版家，他這樣高年還要親自來主持，這種精神毅力和責任心是少有的。我想關心他老的病況底人一定很多，據本報載已日有起色，這是很可慶幸的事。至於書館的事由叔通先生代為分勞，他老可以好好休養一下，過兩年便是九十了，那時還可以對於新中國有所貢獻。我們對於這座魯靈光殿是寄於更多的希望的！

（50-01-15）

談老

八日本報文犀先生以冀老見呼，列為五老之一；這頗使我慚愧！我在四十以後，就被了「老」稱。從前歐陽永叔四十稱「翁」，已有人嘲笑他；我何人斯？對此實在不敢承，然而家鄉老輩有的比我長十歲的人，也常稱我為「老」。我是不是老了呢？不，我當然不算老！我曾經對這「老」字仔細思量過，有幾個條件是容易被認為老的：一是出身早，在社會服務的時間較久，本身雖還沒到五六十歲；偶然談到他，大家每以為他已老了。一是子女生的早，本身雖還沒有五六十歲，而已有快三十的兒子，或已有了幾個孫子，這便是不老而老的。一是蓄鬚早，有時幾位同年紀的人在一道，有鬚的和無鬚的給別人看來便不相同；稱有鬚的是老太爺而無鬚的就好像就小多了。以上這三條件我是具備的，所以我被人稱老就很早，雖然實際上我還年歲小。從前散原翁到了八十，還要人稱他為少爺，不願接受老太爺的稱呼。像他那樣「不服老」是值得學習的，何況我們本來還未老呢！有人說我們是一九四九年解放的，應當從這一年新生，從一歲算起。照此說來，大家歲數都一樣，我們都還沒滿周歲。文犀先生所賜呼的冀老最好改稱為老冀，顛倒一下似乎意義就改變多了，這個老字是又親切又本色的。

（50-01-16）

沈尹默先生之耳

談眼睛近視的程度，沈尹默先生總算是深的一個了。在重慶陶園，有一天沈先生跟我說起少年時，隨宦在陝西，一次和哲兄士遠先生出去訪友，那時還是「跨轅」，坐著騾車去的，有幾十兩銀子放在身邊，到了地頭兩人跳下車來搖擺的走進去，銀子竟不在意的丟掉。可見尹默先生早年就近視了。在朋友當中也有帶上兩副眼鏡的。不過近視之深並不能過於尹默先生。上次我談過磨墨，我在沈先生那兒就看過他自己磨墨，一壁磨一壁翻書，雖然看書或寫字差不多鼻頭已挨近紙上了；然而行款從來沒有一些歪斜，寫書稿或作信非常之快，我到現在還保留他的函札不少。當代精工晉唐小楷的，誰也不能及沈先生，而我偏愛他那些不經意的行草，我覺得特別的秀逸。還有一點，我非常佩服沈先生的：就是他的聽覺很敏感，在疇人廣座中，他目力雖不能遍視座客，但一聽談話聲音，他立時知道有哪些人在座，絲毫沒有差錯的。不但如此，就是你切切私語，故意把聲音放得很低；他也聽得出，尹默先生這兩隻耳朵可以說是有音樂家的天賦，雖「視聽」吃力，而「練耳」容易；所以在五四時代他寫過〈三弦〉一詩，能將三弦那斷斷續續的音調曲曲折折地寫出來。久沒有見到尹默先生了，不知道近作中還有「寫聲」的作品沒有？

（50-01-17）

八寶飯

這裏所謂「八寶飯」不是指真的蓮子、銀杏、豆沙這「八寶」而言，而是指那沙子、碎石等「八寶」而言。這名稱是在抗戰期間發生的，那時配給平價米，管理糧政的和米商們勾結起來，摻雜一些土灰甚至還有鐵釘在裏面，加重斤量，藉此撈一筆渾財，老百姓能吃不能吃，他們是不管的！這「八寶飯」的名稱在那時重慶是很流行的；主管糧政的人認為是我故意揑造，把我恨的刺骨。其實他們的口袋早已裝滿了，而我們天天還在吃這不能下嚥的「八寶飯」；應該我恨他的，他反而恨我。我從小受的家庭教育；吃起飯來兩手捧著碗，縱然飯中有稗子糠皮，是不准剔出的。我常自笑喉管比別人粗些，什麼一吞可以下去；然而「八寶飯」卻不敢領教，一不小心，便把食道劃破了！有些人專吃「雙篩過米」，發現一顆稗秕，一定要把它剔除；本來「糙米」就有些吃不下去，何況這「八寶飯」呢！他們寧可餓殺，也不能耐著將它吞下肚皮。差不多鬧了一兩年，由八寶而七寶六寶，米裡才漸漸摻雜的品類減少了。戰後回到東南來，看到白粳和洋秈，一顆顆潔白的米粒真和珍珠差不多。我曾問過孩子們：「是這飯好吃還是八寶飯好吃呢？」「那怎麼能相比！這樣米裏又怎忍亂摻雜些別的！」他們這樣回答我。大家吃著飯兩手都緊緊將碗捧著的。

（50-01-18）

喀什巡禮（上）

最近解放大軍已進駐喀什噶爾，其地是回都，回教徒看喀什是他們的天方，在南疆可算得第一個勝地。那兒有兩座城：一是回城，漢名疏附；一是漢城，名疏勒。在疏附的古跡有漢耿恭井，和香妃的墓寺。香妃是漢人的稱謂，她的本名是「阿帕賀嘉哈吉愛達亦特達」。她這墓寺在喀什的東門外七里鎮，東門叫做「望春門」，墓寺在那兒叫做「麻扎」，麻扎是靈寢的意思。這裏並不是葬香妃一個人的，是他的祖父幾代的葬身處，可以說是家廟。圓的柱，全都是琉璃磚瓦砌成的，真正金碧輝煌。門上建瓴作新月狀，這是伊斯蘭的標識。雕鏤非常的精緻，到處題滿了維吾爾文字。我去的那一天，恰巧是「廼禡日」，多少纏著白布的，屈膝捧手的在寺旁的兩廊祈禱著。據管理人（霍郎木李汗墨地意未利）告訴我：最後一次的修繕距今已七十二年。香妃被乾隆掠到北京住了十五年，去的時候二十二歲，喝毒酒自盡的時候是三十八歲，是她哥哥圖圖公夫婦陪著去的；由圖圖公夫人送遺體回喀什來的（關於香妃的本事，我搜集了不少，內地的傳說是我們漢人的一面之辭，不足信的。）。

喀什和新疆其他地方一樣瓜果很多，什麼可紅（甜瓜）、塔烏絲（西瓜）、計里野（瓜蛋），味道都很好。還有一處號稱「四十里闌干」的馬紹武公園，可惜荒廢了；連噴水池都壞了。喀什的特產有：刀、粗布，以及各式各種的帽子。

（50-01-19）

喀什巡禮（下）

走進了市場，我們開始覺得一種異國情調。賣刀的一條街都是刀店，賣帽子的一條街都是帽子鋪。據說這完全是阿拉伯式，店鋪像包厢似的一家一厢，店主跪在門窗上，每店只一個人，任客選擇貨物；過午，鎖上門他便去祈禱了。除了維吾爾商人，偶爾也有印度商人夾在裏面。喀什的婦女，每人都有臉簾，厚厚的一層各種顏色的布都有；像阿克蘇的婦人雖然面上蒙著紗，眼睛鼻子還隱約可見；喀什的這種臉簾裹得一絲兒氣都不透。尤其戴黑色臉簾的看著怕人。在街頭巷尾，她們有時揭開簾來，擠一隻眼偷偷的望你一望，立即她就將臉簾放下來；怕給大毛拉看見，甚至用皮鞭子抽下來。做一個喀什的婦女是這樣受拘束的。民間房屋的形式，也屬於阿拉伯式的建築。到處灰沙，一座座的白色土方建蓋起來的。當地「圍郎」（就是歌舞的意思）的風氣很盛，土爾松漢就是一個著名的女舞蹈家；還有一支叫做「桑桑靡桑」的曲子，我最愛聽。唱著拍著手，有一段歌詞他們譯給我聽：「你，你是我的你，你像酒似的沉醉我，你像火似的燃燒我，只有我和我愛能知道，別人不知道的，那一晚我是多麼苦呵。」又「沒有經過冬天的杜鵑不知道春天可愛，沒有受過痛苦的人，哪裡知道痛苦的滋味！」這種熱情的歌詞，無怪乎這樣感動人！

喀什有位少年詩人叫阿里麥特齊里，雖然約好了，可惜我沒有見到他。

（50-01-20）

王秀鸞在南京演出

華東軍政大學文工團假座南京市文工團劇場，演出「王秀鸞」歌劇已有好幾天了；我的三位千金堅邀我去看。使我獲得意外的欣慰。我對「中國如何產生新歌劇」是曾考慮過的：偏重吸收靠外來的影響好呢，還是從民間來的好呢？多年在徘徊瞻望中，從來沒有看到使我稍為滿意一點的試驗。傅鐸先生的《王秀鸞》劇本事前我沒有看過，這天晚上看到他們的演出，每一位演員都肯努力，絲毫不苟；我在三小時內也注意集中，一氣呵成的看完五幕十三場。「這樣總算夠得上歌劇的標準了」，我心裏這樣想。在秀鸞母子種地的刈獲的那幾場，身段動作美麗無比。唱詞那麼簡潔、樸質；曲調那麼爽朗、諧和。一個字一個字的入耳分明，說和唱劃分得一點不勉強，它採取了京劇不少長處，又綜合許多地方劇的長處；雖然是粗線條的，但每一個人物的性格都刻劃得很詳細，每幕每場的效果也照顧得很好。我看了《王秀鸞》才知道新歌劇有了希望，這一試驗是相當成功的，內容與形式都是新的，這種戲劇可算是人民的戲劇，就算我是都市裏的小市民，然而它與我是那麼的親切了，以往我認為新歌劇應多作神話劇或史劇，覺得那種題材才適合；現在我知道這是錯誤的了！聽說不久要演《劉胡蘭》，這回我自動的要去看了。

（50-01-21）

饅頭的傳說

蘇式先生在《活殺與生煎》文中，談起饅頭的起源，最初本作蠻首；是古代南方酋長用活奴隸的頭來做祭神的犧牲，因為不人道才改用麵粉作替代品。我不知道蘇式先生這種說法，他是從什麼地方看到的或聽到的。我所得到的傳說，和這差不多，並且說饅頭的創造者是諸葛武侯，此事發生在五月渡瀘的時候。過瀘江必需要獻童男女若干給水神才得平安渡過，否則風濤兇險，水神為祟。恰巧武侯出師征孟獲，到了江上，他不忍心用人作犧牲，於是拿面照人頭模樣做成一個個的，總算對付過去，水神讓蜀漢的軍隊通過了瀘江。而從此饅頭之法行於天下。在清代乾隆年間，名劇作家無錫楊潮觀的《吟風閣雜劇》中有《祭瀘江》的一齣，即以饅頭為主題。可是饅頭這名稱和範圍，也視各地的習俗而異。例如上海和南京距離這麼近，上海所謂饅頭有一部分南京人是叫做包子的，南京所指饅頭只是那一種形態，範圍比較小多了。生煎饅頭也只是上海的吃法，南京就沒有；山東的「油煎」是兩面煎的和生煎不同。他們把有餡的一律叫做包子，饅頭是無餡的。宋范成大詩：「縱有千年鐵門限，難逃一個土饅頭。」這和梁晉竹所引的「城中盡是饅頭餡」，我們一看可知范梁皆是南人，因為南方所稱的饅頭，才是有饅頭餡的。

（50-01-22）

日記

寫日記的習慣是不容易養成的。我小時候常常記了幾天便丟開，心裏想從下年一月一日起再記罷，記了兩天，又停止，心裏想改自正月初一記起罷；這樣記記停停的，在二十歲上才正式有了日記，雖然簡單一點，每天做些什麼事？到什麼地方去？讀了些什麼書？會見了什麼人？有點什麼感想？都還能按天寫下來。有十年的日記，存在家裏，丁丑年燬掉了。還有幾年的帶在身邊，流亡時走到九江，因為船載重的關係，連同一箱書一起丟在江心裏。二十九年在四川又重新寫起，一年一本，現在存下來十本。偶然翻翻查查，這十本中間的資料就不少，尤其朋友們的倡和，有些值得保留的函札，也都夾放在日記內。十年之中，以重慶為中心，西北到達新疆、甘肅、陝西、山西、河南。南方到過貴州、廣西、廣東、福建。東邊到了浙江、江蘇。日記裏有一段段的遊記，反而讀書錄的成分減少了。有的時候將牢騷、咒罵一古腦兒也寫進去，事過境遷，看著那些話倒教我自己好笑！一九五〇年來了，我決心廢止這種日記，今年從一月一日起我不再寫日記了。對於舊日記這種形式，我認為有改造的必要。雖然，我現在不寫，但每天自我檢討一番，比較形式上有個日記還要切實些。

（50-01-23）

繡像畫版

繡像畫和套色彩印，這兩樣是明代在出版物上很大的貢獻。現代蘇聯型的木刻固然有它特殊的作風，而這種精緻的細線條底繡像畫另有一種趣味。繡像這名稱好像原來是專指繡人物的像而言，其實加上背景，有的又不止一兩個人，把它構成畫面，作為「插圖」，是不限於「像」的。南京三山街是明代書肆集中的一個地方，什麼世德堂、文林堂、富春堂；還有嘉靖年間聚寶門來賓樓姜家，新賢書堂等，他們印出的書，好多是標明繡像的，從前我曾打算搜集這些資料，印一本《南京明版繡像畫集》，一直沒有能著手。不講明版，就是四十年前，楊仁山老居士金陵刻經處，刻過佛像，那雕板術已夠精的了。當時只有承恩寺十間房的潘文法，和大黨家巷的姜文卿，這兩家還有能刻這版畫的手藝，現在只是姜文卿的兒子毓麟一個人，他已有六十以外的人了。我看他為洞庭某氏刻家譜裏的圖若干幅：有人像，有房屋，線條極細，似乎也不讓明版。這繡像畫版的刻法與木刻不同，木刻是就在板上構圖，而繡像是畫好底稿然後上板，唐六如的手筆也好，上官周畫的人像也好，畫是一事，刻又是一事；這不像木刻家一定是自畫自刻的。就如潘文法、姜文卿所刻的繡像畫版也有他們的長處，拿來比一比明版，或和現代的木刻比一比，也是極有趣的事。

（50-01-24）

交友三訣

沒有嗜好的人不能做朋友，這是一種說法。還有選擇朋友要看「那人待妻子如何」的一種說法，這就是測量他對友情的真假。最近我看方向之的一本《談交朋友》小冊子，共分十四章，在第十章標出「廣、深、真」三個標準來。他不贊成在「趣味相投」的小圈子內轉，也認為不應當以「得一知已」為滿足。主張「廣交天下英雄豪傑」，但不是無原則，無條件的「廣」；要在共同利益，共同理想，共同事業下為友情鋪好廣大的道路，沿著道路走，越走越寬，越走越入佳境；到處發現好朋友在等你去結交。至於從「泛泛之交」走向深交，他認為第一除去世俗的虛套，和朋友無所不談，給朋友真實的幫助，在思想感情生活事業上力求彼此接近，打成一片；你瞭解我，我也瞭解你，尋求一些共同點，把握和發展這些共同點。如此友情就有內容，不架空，基礎深厚向上生長。那些專講應付的，是不可能有深交的。要求深交，又第一要真，真就是無神秘玄奧之處，心口一致，表裏一致，言行一致，真摯誠懇，真率坦白而已！總之，不耍花槍，不弄手段，不偽造情感，不勉強迎合；以與人為善的精神，真心為朋友設想，全力為朋友服務，有事和朋友商量，有意見向朋友提出，推心置腹，肝膽相照，才能有更多的深交的朋友。《談交朋友》這本書是值得一看的。

（50-01-25）

墨巢風趣

好幾年沒有見到墨巢翁了，因為說起張菊生先生（見十五日本報）我又想到他。十來年前我在上海，常常和他在一道，那時他住在海格路，我曾到他寓所去看櫻花。他命名墨巢的原因，為著愛伊墨卿的書法和巢經巢的詩；他的老友高子矱先生和他開玩笑，送他一副對聯，叫做「心交神交鹽城常熟任心白。口福眼福魚翅龍蝦伊墨卿。」鹽城是幾十年前他所暱一女的籍貫，擬納為簉室未果。後來他的如夫人是常熟人。任心白居士是他的老友，幫他料理一些事，是他最信任的人。平日愛吃海味，對於魚翅龍蝦是偏嗜的。高先生是諧聯聖手，只要是墨巢翁熟悉的，無不讚賞。我從四川回來，與翁只見了幾面，這時海格路寓所已出讓給人了。他所收藏伊氏墨蹟，我在別處也見到過，怕散出來的不在少數。從前他是愛遊山的，每年春秋二季常常出門；現在老了，大約出遊的興致也差了，這位老先生在老輩中是最蘊藉的一個，不愛說笑，不愛辯論；相處一室，只覺得他渾厚、和藹。他的詩印過一部《碩果亭集》，詩如其人，在醇樸中見雋逸之致。我愛誦他那首〈過盟鷗榭〉的七律一首：「庭前病檜自蕭疏，門外驚鷗不可呼，飽聽江聲十年事，來尋陳跡一篇無……」一種惘惘不甘的情緒，不覺流露了出來。

（50-01-26）

混壽元

重慶有一條街，叫楊柳街。相傳張獻忠屠川時，遇到一位孝子，獻忠叫他在門前插一枝楊柳為記，免他全家的死。後來這條街因楊柳而完存，於是街以柳名。民國二十七年，街上住了一家姓黃的，一位老人家名叫黃晉齡，他是從成都搬來的。成都人考究飲食，有「黃派」之稱。什麼姑姑筵，哥哥傳，晉齡酒家，不醉無歸小酒家，都是打他老人家的招牌。有些人說，他在前清是做過西太后御廚的，這傳說未必可信；不過曾辦菜給西太后吃過，他自己是承認的。他每天只答應辦一桌菜，那時要百把塊錢，這數字已頗驚人。他自己指揮摘菜，掌刀和掌鍋的都是他的女兒，兒媳輩。菜是一定要在他家裏吃，他那家佈置得很精緻，堂屋裏懸了一塊紅底金字的匾，上寫著「混壽元」三個字。老先生穿得衣冠齊整的，第一請你看他這幾十年手抄的十三經，像四庫本那樣大，一個一個核桃大的字，那楷法完全寫的是考卷格式。然後，他就講到菜的選擇，他說同一豆芽，可是我從十斤裏選出可用的不到一斤。所以花費得多，然而這樣才能可口。又說切工，他家所用的肉類也都是選上選的。最後說明今天這桌菜的次第，為什麼這做頭菜，那做最後一味？說起來都有一番道理。開飯的時候，客人也得請他入席，有時他不肯就座，那麼大家這才動筷子。事先要早幾天去定，不然決吃不著；因此吃過黃晉齡老人底菜的，常常誇耀於人。他大約死在二十九年，現在的黃派菜，在四川依然享有他生前的那種榮譽。

（50-01-27）

丐頭

當了一名乞丐，似乎是窮得可以，談不到剝削別人享受自己了；不然，乞丐裏的確還有特殊階級，那便是丐頭。請你不要驚異，我所說的是事實：在二十年前，南京秦淮河東邊地名叫做東關頭的，那一帶涵洞是乞丐居住的地方，每一乞丐來參加他們的行列，要向丐頭請求；經核准後，他指定你乞討的區域，每天要向他繳納金錢。於是乞丐成了幫，而丐頭成了他們的剝削者。那位丐頭在冬天穿著狐裘，那個派頭無殊一個官僚，而他也出入官府，儼然算得地方上一個人物。我曾親眼看見過，所以在《鴻鸞禧》戲中金玉奴的父親那種典型，我是熟悉的。我們讀到元代鍾醜齋的幾支〈醉太平〉曲，什麼「俺是悲天院下司，俺是劉九兒宗支，鄭元和俺當日拜為師，傳流下蓮花落稿子！」還有那「繞前街後街，進大院深宅，怕有那慈悲好善小裙衩，請乞兒吃頓飽齋。」我從前認為是好的乞丐文學，所惜不曾描寫到丐頭。這種人物也是舊社會的特產，可是在解放之前老早就被打倒了。每年到這時節，街市上乞丐是最活躍的，現在由於設法處置得早，乞丐已漸漸的少了，而強討惡化的情形也已逐漸消除；東關頭的丐頭為歷史上的名詞，今後只有在《鴻鸞禧》戲中才會看到的。

（50-01-28）

革命菜

紅辣椒，四川、湖南、江西這幾省的人最愛吃，尤其湖南人幾於每飯不忘。毛潤之主席為它起了一個「革命菜」的名稱，有一天，在北京有一次集會，會後三桌人在聚餐，毛主席與朱德副主席、周恩來總理三人分坐主位；當侍者送上紅辣椒一盤來時，毛主席跑到周總理桌上來，指著紅辣椒向周恩來笑著說：「這是革命菜，不吃革命菜的算反革命……」；又回頭向座客解釋：「周先生是不吃辣椒的。」這革命菜之名現在已洋溢在北京了。從前亡友劉成炘教授和我談詩，他主張辣味的第一，吳野人、鄭板橋之流的詩，都算屬於辣的，而江弢叔這一輩人多少有點酸味。所謂辣味，在現在的說明可以說是革命的。惟其辣所以刺激性強，刺激性強所以富於反抗精神，也就是革命的精神。食物與民族性多少有關係的，我不相信愛吃甜味的人能戰鬥，正如愛吃辣味的人不會是柔弱的人一樣。不過，我們不能說：「不愛吃辣椒便沒有革命性！」因為革命家愛喝酒的，或有其他癖嗜的也很多。我從前也是不吃辣椒的，第二次入蜀，在重慶近郊住了八九年，這才漸漸學會了吃辣椒，有時無辣椒便會吃不下飯；東歸以後，這習慣又漸漸改變了，看到辣椒現在還可以吃；然而整大盤的革命菜放在面前，畢竟有些吃不消的！

（50-01-29）

記邵次公

次公是不甘心做文學家的，你要稱他為詞人，他一定覺得你小看了他。其實，他這充滿浪漫氣氛的一生，的確是個詞人的行徑。他的姓名被全國人民注意是由於曹錕「賄選」，那時他任國會議員，當他接到五千元一張支票時，他立即向法院控告，於是邵瑞彭三個字弄得婦孺皆知。他是浙江淳安人，淳安這地方很小，元末明初出了一個《殺狗記》作者徐�，這些年來就是出了次公先生。後來曹錕要通緝他，襆被出關，他又做了張作霖的座上客，他吸食鴉片也許是在關外開始的。我和他在河南大學同事，我在開封三年，幾乎每天都和他在一道；知道他吸煙而自己並不會燒煙，搞得鼻頭總是黑的，這時河南正禁煙禁得緊，他黑著一個鼻頭在公開場所出入，這真是對禁政一個諷刺。我們分手以後，聽說他竟戒煙了，但是煙雖是戒絕了，而他的精力沒有出路，一連搞了幾次桃色案件，最後死在「牡丹花下」，這是抗日戰起的那一年的事。他不過才五十歲出頭，他的《齊詩鈐》等都還沒定稿。談到他的著作，我看仍然是詞第一，那部《揚荷集》和《山禽餘響》等是詞壇上少見的作品；書法晚年完全寫的褚字，雖然也接近宋徽宗的瘦金書，還是褚意多於瘦金書。說起來他畢竟還是一個詞人，一個文學家。

（50-01-30）

髮之種種

我從小怕理髮，那時理髮還叫剃頭，我剃一次頭要費好幾個鐘頭；那位理髮師叫杜老三（他的姓名到現在幾十年我都記得），他也頂怕代我剃頭，他知道我的脾性，不願意別人的指掌摩著我的頭，在剃頭時頭是要動的，他操刀等待，剃一刀歇一會，完了事他深深的噓一口氣，我也如重釋負一般。現在當然不會像小時那樣，然而還是視理髮為畏途，非忍耐到不理不行的時候，決不高興去理髮的。我去理髮，第一要向理髮師請求的是「快！」至於理成什麼格式我不注意的，誰理得快誰的手藝最好，這是我所定的標準。亡友詩人吳芳吉，他是一位髮的崇拜者，那時他夫人沒有剪髮，他讚美著，擁護著，認為不剪髮是對的。實在，女子剪髮以後，對於髮的處置其麻煩過於沒有剪髮；單就燙髮而論，那就夠麻煩的了，什麼電燙、水燙名稱來個多，花色來個繁；我親眼看見有一家理髮館的廣告：經他一燙，保五十年。這是多可笑的事！我是怕理髮的，我看好多婦女是愛理髮的；她們經常往理髮館去的，那一頭的煩惱絲有時會豎立起來，有時像孔雀開屏似的，有時搓得圓，有時壓得扁；還有故意染得黃的，「五光十色」，為這頭髮真忙壞了人！在節約時間的意義上，我倒是附和吳芳吉先生主張的。

（50-01-31）

死了的教育

在什麼樣的社會，就有什麼樣的教育；這是無可疑慮的。最近我讀摩洛艾的《雪萊傳》，第一章他就說當時伊吞學院和基特的教授法。一百五十年前的英國教育是怎樣的呢？據說學生們在校五年，只是把荷馬的詩讀過兩遍，差不多全部的弗基爾著作研讀一下，還得讀荷累斯著作的删改本；又能夠用拉丁文寫幾首短詩，歌頌惠靈吞或納爾遜，只要能寫不一定好。當時是重視拉丁文的，摩洛艾在這兒舉了一個例，說：「譬如彼特在下議院說話，引用伊利易得中的詩句，有點記不起來了；於是全體議員，不論王黨或是民黨，都站起來，眾口同聲的替他補充那個詩句。當然，這是教育劃一的一個好例證。」從他這段記載，使我也想起在漢口開第一屆參政會時，有一次我偶然用「言之不出，恥躬之不逮也」這句論語上的話來說明我的態度，當時同人是一百五十位，在四十以下的人並不多，對我這所引的一句話茫然不解的人很多，後來還有特別來問我的。也許還有方音的關係，至少他們不熟悉這句話是可知的。我立即感覺到在會場發言，引用古籍不是辦法；自此以後我不再「掉書袋」了！在今天大家當然不會念《論語》那麼熟！因為那一種教育老早過時了；寫一封八行書，做一篇八股文，再來上一首八韻詩，這三八教育死亡已久了！

（50-02-01）

記：顏世鎔

所謂「聖裔」，民國以後還是延續清代的辦法，有衍聖公之封。國民黨政府改變名稱為「大成至聖先師奉祀官」，不但對孔氏；孟、曾、顏三家也有奉祀官，孔氏是特任官待遇，孟、曾、顏三家照簡任官待遇。曾參雖會做生意，後裔經商的本領反在孟子後裔之下，四家的經濟狀況，以孟為最，那個孟慶棠已經死了，他的兒子年紀還小，現在追孔氏後裔的足跡竄到臺灣去了，曾家也去了，只顏家的顏世鎔現在南京。世鎔的窘況過於乃祖，一簞食一瓢飲的簞瓢都光了，早些年他是一位癮君子，每天抽的白麵不少，到南方來以後，飯都沒得吃談不上白麵了。前幾天，南京當局對於難民有點救濟，每人發幾個饅頭，這位顏「奉祀官」穿著他僅有的一件布棉袍前往領食，卻被難友們指責；嚇得他第二天換件破棉襖穿著去，才算弄得饅頭到手。他雖然已五十來歲，他卻有一位二十多歲的少妻，前房丟了一位女兒，在南京已嫁給一個賣高籮的同鄉。客中當然連那「陋巷」的破屋也沒有，經常靠老鄉們維持他的生活，他對於顏子的「祀」自然也無從「奉」了。顏子生前處這樣的環境是「不改其樂」的，而世鎔卻為著衣食「不堪其憂」，這一個高大的個子，如今早已憔悴不堪，淪落到乞丐的地步了。

（50-02-02）

長竿與嗡

到了這風雪殘年的時候，各種濃厚的地方色彩反映在裏巷生活當中；這正是富有民間藝術趣味的。年畫是其中之一，春聯也算是一種，還有水仙花、和天竹、臘梅的插瓶；最使我盪氣迴腸的是我們南京的「長竿」。在黃昏時分，往往看見十五六歲的孩子手裏拿著一根二尺來長的馬鋼鐵製成的「長竿」，向著下山的夕陽，「嗚嗚」的一聲。這一吹，吹出無限的幽怨，跟著這嗚聲湧上心頭；我愛聽，也最怕聽；它不是喇叭，它也不是笳，更不是軍號。這聲音是單調、孤峭、短促而沉重。這吹法我是學不會的，看上去彷彿很吃力，都把人吹得臉紅頸脖子發赤。我只要聽到「長竿」聲，立即感覺到這一年快完了。自從進川以後，已多年沒聽到「長竿」了。比「長竿」的季節稍遲一點的是「嗡」，聽到「嗡」聲，似乎已有了春意。「嗡」有兩種：一是「地嗡」，兩頭是棒，中間一段橢圓；比「陀螺」略大。一是「抖嗡」，用兩根棒繫了繩子去抖，這抖的技術大分高下。兩頭皆橢圓的「嗡」是「雙嗡」，有的是「單嗡」；買嗡時是以「響」數計算的，響數越多越能抖得響，響起來是嗡嗡的聲音，南京人老老實實的替它起名叫「嗡」。不獨小朋友愛抖嗡，中年人也不少抖嗡的名手。我曾看到抖嗡表演，一會兒抖上天，一會兒抖在棒上轉，一會兒嗡在繩上，一會兒嗡在繩下；它始終在動、在響、在抖。「長竿」是硬性的，「嗡」便近於軟性的了。

（50-02-03）

喜雪

二月四日是立春節，立春以後的雪對於農事沒有什麼好處的；看看立春沒有幾天了，南京今年還沒有下過大雪，每一個人心裏都不免在焦灼：這一定是荒年了，蝗災旱災恐怕免不了啦！有幾天好像要落雪的樣子，結果都沒有落得成。在一月三十一的那天，早上也似乎有雪意，但一點消息都沒有，只是天色沉悶，雲似凍了的一般，我出去看朋友，他留我吃午飯，飯碗一丟，走到樓窗一望：呀哈，一團團棉絮似的，掌大的雪片，正在滿天飛舞。大家都笑起來了！等到黃昏時分，我回城南來，車在雪中很困難的行進，滿地瓊瑤似的聚積得一堆堆的，樹枝上，電線上，到處看到都是雪。不過四五小時光景，把一座南京城變成粉妝玉琢的世界！我耳邊聽街上人在說：「這雪，不是雪，簡直是麵粉啊！」有人說：「所幸早了三天，若是遲三天的話，這一場雪不是白下了嗎？」一種歡悅的心聲在民間洋溢著，只要把他們的話忠實地寫下來，已經比蘇文〈喜雨亭記〉來得更感動人了！我想：明天一早，孩子們一定堆雪人的在堆雪人，點雪燈的在點雪燈了。再冷一點也不會怨天的，路上再滑一點也不會尤人的了。在渴望中的雪竟落在這好時候上（照著及時雨的說法，正可以叫它及時雪），普天之下那會有一個人不見之而喜呢？

（50-02-04）

送振鐸北返

去年我移家到上海，曾去看鄭振鐸兄，恰巧前一天他到香港，後來繞道往北京去了。差不多一年多沒會面，必武翁告訴我：他正隨著華東工作團來的，但一直我不曾遇到他。想不到一月二十七日他臨回北京的時候，我們反而得談了半日的機會，頭一晚我聽說他住外交大樓，和他通電話；他約我二十七日早晨見面，說：當晚就到浦口上車了。他不來向我告辭，可是我為著要瞭解文化部的業務，和他別後的情形，不得不往鼓樓北看他去。爬上三層樓，他早已迎出來了，說：「巧得很，巧得很！我今天非回北京不可了，那邊的事都沒處理，原說來四五十天，誰想一霎眼便兩個月！」坐定以後，我問他「茅盾夫婦好麼？」「他們搬到文化部裏住去了。文化部本身和我主管的文物局一樣，工作人員並不多，實際的業務都在外面的機構，如北京圖書館，故宮博物院之類。我也忙得很，但也沒有忙出什麼成績來。至今我還住在北京飯店哩，文物局是在北海團城的。」他背履歷似的都告訴了我，一會兒拿糖請我吃，一會兒忙著捆行李，時立時坐的，一會兒不得安閒，這是他的老脾氣；如此僕僕風塵，現在畢竟他消瘦了不少。因為他丟了圍巾在交際處，他要去取；我搭他的車到了新街口，他說：「我們在北京再見罷！」又匆匆地分手了。

（50-02-05）

鐵作坊的故事

南北二京的街坊名稱，沿襲明代舊有的很多。南京現在昇州路一帶，如銅作坊、銀作坊、鐵作坊、弓箭坊、顏料坊皆是當時這同類匠商聚集的處所。鐵作坊在今天還有幾家鐵匠鋪。相傳明初這條街全是鐵匠鋪，匠人在鋪內打鐵是有坐著的，有一次御史李熙走過鐵作坊，看兩旁的匠鋪都只顧自己的工作沒有向他致禮的，他於是停下轎來，叫一個老匠人去問：「你們不懂這規矩麼？何以一個人都不起立，都不在門前招呼我？」那老匠人說：「倪老尚書（岳）他住在鐵作坊北口，他曾向我們說，他每天都要在街上經過，叫我們不要講這個規矩以免誤了工作。你老來質問我，我告訴大家重新再把這個規矩整頓起來就是！」李熙急忙說：「不必，不必！」心裏想：「我好慚愧呀，我畢竟不如倪岳，還要講這顛規矩則甚！」鐵作坊仍和往日一樣，大家各自低頭忙著打鐵，不管什麼官府不官府在門前走過。五百年來沒有什麼改變，可惜在手藝上和這鐵的品質上沒有進步，打一點刀剪之類，出品還趕不上杭州的精美；比起銅錫器皿來也遠不如了。晚明周吉甫偶然在《金陵瑣事》中記載下幾條有關匠人生活的，我和幾位老工人談起，他們非常感覺興趣；即如鐵作坊的故事，說起來也可想見當日這條街的盛況。

（50-02-06）

畫歷

唐六如的詩：「閒來寫幅丹青賣，不使人間造業錢。」做一個畫師，憑他的一枝畫筆來糊口，這也是值得羨慕的！我的朋友能畫幾筆的人很多，有的勸我畫折枝，有的勸我畫竹、畫蘭；可是我就沒有這樣的耐心，始終不曾下一點苦功，雖然，他們開畫展的時候，也逼著我湊熱鬧：畫過一枝紅梅，仿復堂小品還畫過蘿蔔白菜，居然那樣的畫也賣掉。大家不知道我小時候也學過幾天畫，說起此事來差不多四十年了。我家有位姓王的親戚，有位小姐叫軼球，算起來是我的表姑母，她畫得一手好工筆，專學惲南田的的花卉。先君便請她來教我，教畫的方法同寫紅字本一樣，畫了許多花朵叫我照著描，那時我還不足十歲呢，我看這樣的畫法與女孩子學刺繡不相上下；描過幾回花朵以後，我懶得動筆了。自此我便對畫減少了興趣，那位軼球表姑母不久也出嫁到安慶了！我從小性情就很麤疏，假使學畫兩筆，得到一點揮灑的樂趣；也許不肯把畫仍掉的。我對人物的愛好似乎遠過於花卉，投師又沒投得對，因此就沒有入門。多年在外頭奔走，對於山水畫的興趣提高了不少；雖然近來畫的市場不景氣，畫得青山未必能賣，但是頗想學一點寫丘壑的本領，旭初翁一定可以不吝指教的！

（50-02-07）

石榴樹

我住在開封的時候，常聽北方朋友談起：成為一個巨室的，通常有六條件，他們編成兩句，叫做天篷，魚缸，石榴樹；師爺，肥狗，胖丫頭。一個肥字一個胖字下得妙，意思是狗猶如此，丫頭猶如此，何況主人的丰采呢？這說法雖然流行於北方，跟南方也差不多。在南方一個故家也會有這幾樣的，我有一位鄰居，也是南京故家之一，最能代表他是世族的，就是他後園這幾顆石榴樹，縱然石榴樹算不得什麼喬木，但他家的石榴樹年歲比主人都大，已多年不能結實，點綴在他這份人家倒頗合色，不過，主人從來沒關心到它，它對主人也不能有些微的貢獻。最近這故家受了時代的影響，主人有感於當局生產的號召，準備將後園整理成後圃，才發現這幾顆石榴樹有些礙手礙腳，決意先摧它為薪，在一個下午，他們正忙著鋸樹時，我去拜訪主人，立在夕陽中談話很久，我不免悵惘著這故家的零落，弄得連石榴樹都不能保存。但一轉念間，無用的東西總歸是無用的！把它當柴來燒，還算化無用為有用的！再說這故家擁有這有名無實的後園，現在能整理出來，做一點生產事業，就算種些菜罷，多少總省了菜錢。而這一份勞動習慣的養成，更是值得高興的事；於是我不再為斫去石榴樹而惋惜了。

（50-02-08）

蒲窩

在成都有一種蓆鞋，夏天穿一腳非常輕便，價錢又便宜，早些年，一塊銀元可以買七八雙呢。到了冬天，我們可以用「手烘」，比江南的「火缸」造得小巧，只是腳上非要穿棉鞋不可，因此我就想起家鄉的蒲窩來，蒲窩就是用稻草編成的鞋，講究的裏面還加上裏子，有的襯著棉花，用布條圍著鞋口，緊緊的絞成一道邊；現在的市價每雙只售人民幣兩千元，穿在腳上暖和過於棉鞋，外觀雖不夠玲瓏，但既名為窩，這窩字是最妙的形容。

我好多年沒有穿蒲窩了，今年特地去買，本地貨不多，市上賣的大都是江北六合一帶編的。穿蓆鞋的似乎有些「雅」人風致，而蒲窩供給廣大人民穿著，尤其勞動人民都愛穿它。編織蒲窩是莊家人的副產品，雖然比普通草鞋複雜得多，但每天編上兩雙蒲窩也是輕而易舉的。一雙普通棉鞋的代價，至少值得十雙蒲窩；一冬天決不會要穿三五雙蒲窩的。在風雪載途的時候，膠皮套鞋走路覺得滑，棉鞋又不能穿，只有蒲窩是最適用的了。

在南京城內的柏油馬路上，我們還可以常常看到蒲窩的蹤跡；在鄉村裏普遍的穿著無分男女，這是不用談的，蒲窩究起於何時？我沒有考校過，但我自在童年開始，我就見到了它；中間有一二十年比較冷落，現在又要看它風行一時了，這是可以斷言的。

（50-02-09）

記王老人

王老人就是軼球女士的父親，他名治乾字虎臣，三十年前南京人沒有不知道他的，背地都叫他一聲王瘋子！我在二十歲前，常常和他接近，認為他是王仲瞿一流人物，現在想來這完全是錯誤的。原來他並不是科場失意的人，他不屑作舉業，跟張裕釗學古文，跟當時的「豪傑」們學武功，結果都半路上丟了下來。他醉心「時務」，他要辦一個「五洲通儒大學」，他知道世界上物質文明發達了，中國跟不上，但是他沒有接近科學的機會。他冥想著飛機能跟著太陽轉一轉，用電來作武器。他認為銀幣銅幣太累贅，要完全用紙幣才好。雖然他不知道世間還有所謂「經濟學」，但他憑直覺的想到了這問題。他又主張世界上的文字劃一，那時他對於外國語文是不懂，他也弄不清楚中國文字除了漢文還有幾種文？他每天坐在茶館裏，大家聽他的議論認他是發瘋！他一肚子的「經緯」，自歎沒有大抒抱負的機會，這樣度過他的一生。少年是生長在一個富有的家庭，有錢都買了書；晚年窮困不堪，但是他自己承認一天天在進步，因為他晚年已有報紙可讀，增加了常識不少。

我常常想：若是他生在廣東，他能接受到新的教育，對現代文化有正確的認識，一定會有貢獻的，不致像這樣成了一個空想家，比他為王仲瞿還是不恰當的！

（50-2-10）

書癖

在北京逛琉璃廠，在南京逛狀元境，在上海逛三馬路，在開封逛書店街；只要那地方有舊書鋪，不去逛逛心裏是非常難過的！這就是書癖在作怪。不一定買，看看也是好的；果真看到好的，不買回來，卻又弄得寢饋不安。從前家鄉一位前輩王木齋（德楷）先生，把祖遺偌大的田產房屋，都變成了他那娛生軒裏面的宋元本明本；晚年也非常窮困，三文不值二文的又把書賣掉，替他賣書的就是當初為他收書的人。在我買書的時候，老輩們常常舉他為例，勸我不要被書迷了。其實，我既無產業可變換，又無娛生軒那樣好的藏書底地方。起初也是漫無目的的，後來比較收詞曲書多一點。在熟的書鋪是一年三節算帳，有時因為手頭太緊，不免「泥他拔釵」，究竟典賣來還書帳的時候不多。自從抗日戰起，寒齋付之一炬，全家度流亡生活，書癖無法作怪。十年之中，一千卷還聚不到，看到要用的書多是傳鈔一遍，也不敢講究什麼版本了。最近三五年，只買了四五十種「杜詩」，二三十種「楚辭」。最可笑的：在荒攤上用賤值收買了半本宋沙磧藏，我這書齋現在可題名「半宋室」了。近來看著街鄰糊紙盒鋪稱了好幾擔書，其中不少明本，我的書癖又稍稍抬頭，只是一千二百元一斤的書，一斤二斤的未必能湊得一整部，又不准選。我對此只有太息而已。

（50-02-11）

竈糖

我不知道別的地方還有沒有竈糖？南京的竈糖是用糖和芝蔴做成元寶式的。在送竈（這日期大有階級分別，所謂官三民四、龜五鱉六，通常是臘月二十四日）接竈（除夕）一定要竈糖祀竈，大家分著吃，據說吃了可以肚子不疼。竈神是一家之主，這一年來家庭裏任何事件瞞不了他，到這時期他便清算你，向天廷報告一切。竈門上貼的竈對是：「上天奏好事，下界保平安。」有人說所以用糖祀他，因為糖可以甜甜他的嘴；還有人說糖可以黏住他的嘴，使他說不出話來。元寶又是人神所共喜愛的東西。照這樣看來：所以供竈糖豈不是多少有些威協利誘的意味！表現在人神之間，正可反映出那種社會的實況；竈神倘若是個正直的神祇，似乎不應當接受這種供奉。而過去「賄賂風行」的風氣無非是竈糖的變相而已。為著一新耳目，我主張先從竈糖廢止起。我把春節曾分作兩階段：除夕以前屬於竈神，元旦以後屬於財神（接財神是在初四夜裏）；對竈神極力在隱瞞、諂媚，請他好話多說，隱惡揚善。對財神則極力拉攏、阿奉，請他多多為我個人幫忙。從民俗學眼光分析這新春佳節，不外如是。要正風俗，我們最好革除祀竈與祀財神，廢止竈糖不過小試其端耳。

（50-02-12）

十樣菜

四川有種「素燴」，和粵菜裏「羅漢齋」一樣，是用許多蔬菜炒成的。在南京春節前也有這麼一種十樣菜：用貼爐麵筋，胡蘿蔔絲，生薑絲，醬瓜，豆腐乾，白芹，黃豆芽（叫做如意菜），木耳，豆腐做成的白頁（又叫做千章的），黃花菜（俗稱針金）；這十樣也許會有點出入，因為各家有各家的習慣，這十樣菜在辭年祀祖時一定要供出來的。春節時大家吃油膩多，用這素菜來調節口胃說起來很合衛生；然而主要的用意在「吉祥」。其中屬於豆腐類的有三種，腐字諧富字的音；黃豆芽又像如意的形，紅白黃黑配合起來顏色也好看，我把這菜當作民間藝術之一。在春節中民間藝術表現的方式很多，例如「剪紙」，剪一些什麼「福壽連圓」、「梅蝶」、「筆錠如意」、「福壽雙全」之類的，貼在器皿上，窗櫺上；男女老幼都可欣賞。究竟比起食品來就不如了。而糕餅元宵那些甜食，作為高貴的點心則可，不能佐餐，不能像十樣菜這樣豐富、普及。儘管也有人用十樣菜來包春捲，來做包子餡，平常還只看它是菜而已。有位朋友在南京作寓公多年，他說：「別人愛南京的板鴨，我卻愛鴨油泡炒米，佐以十樣菜，這是人間至味。」他這種說法，還不免老饕本色；其實只要一碗白米飯，一碟十樣菜，已足夠美滿的了。

（50-02-13）

各人自掃門前雪

「各人自掃門前雪，莫管他家瓦上霜。」這兩句諺語反映出從前那一種「自了漢」的心理來。這正是個人主義者的寫照，以往提倡「見義勇為」、「急公好義」；和「各人自掃門前雪」作一個對比的話，就顯得這是「自私」、渺小；嚴格說起來「各人」是「各」不了的！社會是整個的，集體的，一個人僅是集體中的一部分，他不能獨自存在的，那能像魯濱遜飄流孤島那樣呢？我曾聽過一個笑話：說有個懵懂人，夜起小溲，聽簷溜在響，滴瀝不停，他以為自家小解未完哩。忽有巡夜人走過，他急鑽過籬笆，上半身在外面；下半身被巡夜人捉住，用杖在打他；他還叫人別響，說那邊有人受杖責呢！自己連自己都搞不清楚，不能不說是懵懂！而個人與集體的關係亦如一身，為什麼還講各不各呢？試問「雪」是不是只堆在我的「門前」？憑我個人掃了我門前的一段雪，對於道路的障礙又排除了多少呢？各人自掃又何如集體共掃，去了所有的積雪，我的「門前」還不連帶的解決了麼？我們從這句諺語中應當看出這短近的眼光，狹小的胸襟是錯誤的，必需改正的了。《呂氏春秋・去私篇》開端就說：「天無私覆，地無私載。」實在天地之間莫非「共業」，是人人的事不是各人的事，又豈獨「掃雪」一端呢？他家瓦上有霜時，我家瓦上又哪會沒有霜的！

（50-02-14）

檢討之作

最近我先後看到馮芝生（友蘭）、朱孟實（光潛）、羅莘田（常培）幾位先生的自我檢討和一年來學習總結的文字，我覺著這種文字是必要的，但很難寫。一個文化人怎樣形成他的思想？他的思想又如何在演變？一變再變的如何變成現在這樣子？怕不是短短文章說得盡的，自然也不是人人看得懂的！廖季平先生的「六譯」，正是他在思想上六次改變的報告，以廖先生之高年（他活到八十多歲），平生從事學術研究外無別的工作，專心著述，才能說明他思想六變的痕跡，有些人雖然也如他在變，不知不覺的變，或接連來兩次突變；要不經過仔細的自我檢討，決看不出他所受的影響，以及變的真原來。有時無意中閱讀一些書，而這些書會引起思想上的變動，有時經歷過好幾樁大事，但這些事也沒有能改變我的思想，這都不是隨便可以說得出的。這一番檢討工夫比起宋儒，「反省」、「功過格」、「看念頭」還要複雜，還要體大。昨天老友歐陽鐵翹來看我，他是徐特立先生的弟子，他說：早年徐先生是治程朱之學的，毛潤之主席受教於徐先生，對於徐先生素來崇敬的。徐先生如何由程朱之學變到馬列之學？只是徐先生自己才能說明。像徐先生這樣自我檢討後，假使寫一篇文章來報告，那也決不是短文所能說盡的。

（50-02-15）

記歐陽老居士

歐陽竟無先生（漸）是我最景仰的一個人。我雖未列弟子籍，但我曾親炙過他很久。有一年，他在內學院講《大學》、《中庸》，他招我去聽。他嚴正，從來不隨便說一句話，不隨便做一件事，他認為你的話說錯了，或者一件事做錯了，他不管什麼人，一定要指斥的！他精力老是那樣充沛，他的書法蔣百里稱為寫北碑的第一人，我看一撇一捺，一橫一直，無一筆不表現他自己，正如他的詩文一樣，從不作猶人語的。他像一尊羅漢，他又是有血有肉的人。在我所見過的老輩中，除他沒有見到第二位像這樣的。我畏懼他，我又敬愛他。在內學院西遷以後，他長住在江津縣城，我住白沙，船是要經過縣城的，我常常去見他。有一次，蔣慰堂（百里的侄兒）要我帶他去見歐陽先生，為著《宗教辭典》想請他老審閱。坐定，蔣兄才提到戴季陶這名字，老人家便大聲喊起來：「戴季陶，他懂得甚麼佛學！國事敗壞至此，他還談甚麼佛學！」嚇得蔣兄一聲不敢出，他老一直說下去，《宗教辭典》請審閱的話只好不談了，天黑了我們才辭出。慰堂說：「此老火氣真大！」我說：「這正是歐陽先生的真處！」此後我便沒有再見到他。但他的言貌常在我心目間。內學院現在還留在江津，南京大中橋的院址早已變成篷戶區了。

（50-02-16）

友藝集

舊日京戲票房制度是一種同人組織，大家在業餘聚在一道唱唱消遣；等於一個俱樂部，是沒有什麼社會意義的。最近南京新生社、華社、中聯三票房，成立了一個「友藝集」，借太平路安樂酒店，每日下午舉行，不須介紹，不須入社手續，只要花人民券一千元泡一杯清茶，鑼鼓場面和琴師是現成的，任何人可以唱兩句；雖然，風雪之中，每天客滿，他們認為出乎意外，預料是不會這樣興盛的。不獨「常客」按日必到，平素想學戲的朋友也認為是「過戲癮」難得的機會，從二時坐起一定到散場才肯走。因為春節關係，準備停幾天，大約正月初三就可復業（大家希望停的日子越少越好，也許等不到初三就要開門。）。這回友藝集的成功，在搞文娛活動的朋友覺得詫異，其實不必詫異！正因過去票友太重視同人化，沒有與社會打成一片，有些覺得唱兩句不夠味的，不敢參加，這其間是有距離的；難得有這種辦法，借此收觀摩之益，又可以向多方面領教，他當然滿意，當然踴躍前來。假使在這集會中再加一些講述，指導的節目，來的人一定更要增加。以我看：友藝集不但化除票房與票房間的隔閡，而且溝通社會層；建立成文娛的聯合陣線，這一個辦法，是可以推行的，各地方不妨向南京友藝集看齊。

（50-2-20）

春韭

杜少陵的詩：「夜雨剪春韭。」提起春韭來，我就食指大動。吾鄉龔揖坡老人作過一部《冶城蔬譜》，便把它列之第一。他說「周彥倫山中佳味，首稱春初早韭。嘗詢種法於老圃云：冬月擇韭本之極豐者，以土壅之。芽生土中，不見風日。春初長四五寸，莖白葉黃，如金釵股，縷肉為膾，裹以薄餅，為春盤極品。余家每年正月八日以時新薦寢，必備此味，猶庶人薦韭之遺意也。秋日花亦人饌，楊少師一帖，足為生色。」因為它的葉黃，俗稱為韭黃。如龔老所說「縷肉為膾，裹以薄餅」，這便是春捲，南京的吃法不定都用油去炸的。講到春韭肥腴，要數臨潼第一，因為華清池的溫泉底水，灌溉著它，使它的芽長到尺把，而且有手指來粗；我們江南的春韭比起來大為遜色。有一年，我在正月初由西安到了臨潼，在華清池洗了個澡，炒一盤春韭來吃，韭的本身油潤可口，不需什麼肉絲雞絲，已芳生齒頰，此味十年來都不能忘。惜乎揖坡老人所未嚐，不然在蔬譜中定要載明的。前年溥心畬來南京，我請他為《冶城蔬譜》補圖若干幅，每天我送兩三種菜給他勒過口本，已畫了二十多開，春韭當然也在內。可惜未及完工，他又到杭州去了。不知他現在吃春韭時，可還憶及此事否！

（50-02-21）

散原翁軼事

我最初見到散原老人是在上海塘山路，那時他的吟興不衰，並且還寫字；他笑著說：「沒有見過我的字，還以為陳三立是書家；買了去就不再會惠顧的了！」這是他的謙辭，實則老人的書法堅實樸拙也有一種自具的風趣。他吟詩的態度，並不拘於陳法，頗能觀察入微，常常為著窗外飛來一隻蒼蠅，用心的去看，出神的去想：怎樣刻畫？用甚麼字去狀寫？這樣矜慎不苟的精神是前人所少有的。他那清癯如鶴的神情，一嘴義寧土話，瘦長的手指不斷的在夾著紙煙，有時也愛說笑話。自從上了廬山，好久沒見到他老；聽說已戒了詩。癸酉秋天來到南京，九日在掃葉樓舉行一次雅集，好像他就沒有動筆。有一天，在秦淮萬全酒家聚會，他對我說：「酒人如今也少了，我在南京只佩服顧五（子鵬），他能喝五斤黃酒，不動聲色。」我說：「這事好辦！」當時叫茶房立即溫了五斤酒，當著他老面一口氣便喝了下去，他拊掌大笑道：「難得！難得！」不久便北上了。住在北京姚家胡同，我也曾去謁見過，因為守詩戒甚嚴，只為我署了一張簽；此後不曾再有見面的機會。不過師友中有從北京來的，見到老人，他一定要問我的酒量近來如何？初見老人的人，覺著敬畏之心頓生，跟他熟悉了，便覺得他非常慈祥，喜歡和少年人在一起，他並不是一個一味守舊的老人。

（50-02-22）

人日故事

從農曆的元日起，每天都有所屬，初七是叫做人日的。各地有各地人日的風俗，以往南京有挑菜會，在成都是逛草堂，在開封是上吹台；這天在唐代謂之人勝節，由雞（初一），犬「初二」，豕（初三），羊「初四」，牛「初五」，馬「初六」進步到人，有些地方在人日早上要吃「人口糰子」的；這大概從「剪綵為人」演變來的，晉時荊楚居民人日均剪綵為人，或縷金箔為人，以貼屏風，亦戴之頭髻，或造華勝以相遺，這又叫做「健人」。杜少陵人日詩：「此日此時人共得，一談一笑俗相看。搏前柏葉休隨酒，勝裹金花巧耐寒。」李義山也有人日即事詩：「縷金作勝傳荊俗，剪綵為人起晉風。」還有吃「七寶湯」，「七元湯」的，正如《荊楚歲時記》所說：「正月七日為人日以七種菜為羹。」《浪跡叢談》上記丁未人日，在揚州集魏默深等，先作挑菜會，以七種菜餉客。這不過表示人類控制或利用別的生物底勝利，人日這名稱用現代的話說來，是人類勝利紀念節罷了。這晚上要打鑼鼓，放爆竹，還要燒蠟葉（即女貞葉），蜈蚣、蛇、蟻就不會擾人的了，在安徽省懷寧，太湖都是人日行之，像寧波的「趕蛇蟲」是正月十四，這又和南京正月十六的走城頭一樣。女貞葉即冬青，據說有除風散血，消腫定痛的功效力，這風俗倒有關於家庭衛生的。

（50-02-23）

趣生蓮花落

蓮花落是沒有什麼固定形式的，和「板橋道情」，「洄溪道情」差不多；無非警世、醒世、勸世那一套。我在輯編《金陵曲鈔》時，翻了不少別集，發現了湯濂的〈趣生蓮花落〉，雖然這並不是南北曲，我卻用它做「附錄」。湯氏一生有無數的別署，名「守瓶趣生」是七十二歲；他開頭說：「笑笑復哭哭，聽我唱個蓮花落。趣生六十六，還在世間活。」又似乎是六十六歲作的蓮花落了。他的理想生活是怎樣的呢？「園中花，林中竹，樽中酒，盆中石，忘形之交共松柏。鳥高歌，魚出沒，趣生生趣同活潑！山有城，水有國，山水之間住饞客。詩成堆，書滿屋，寢食於斯目怡悅。聽兩耳，明兩目，輕一身，健雙足，齒牢能將乾肉嚼。天泉煮佳茗，日日清腸腹。冬有裘，夏有葛，春服與秋衣，粗細皆可著。」這完全是過去小資產階級知識份子的企圖，與人民大眾是隔離的。雖然他也說：「不求仙，不佞佛，好將儒道明，自免二氏縛。我過我自知，護過終傾覆！只喫自家虧，不占他人色；學問欠涵養，胸懷幸坦率。可以告世間，可以對幽獨；敢望升天堂，或免墮地獄……」，依然是從個人作出發點的。他把這蓮花落「當作漁樵快活吟」，而不能深入群眾裏面，發揮群眾感情，此「趣生蓮花落」所以不能成大眾愛好的文學作品。

（50-02-24）

光榮的轉變

振鐸回到了北京。他給我一封信，有下面這幾句話：「穿長衫的要脫下長衫，老老實實地學做個工人，這才是光榮的轉變。」我對於這「光榮的轉變」五個字很有興趣。我們拿五星旗的那四顆小星來說：本來是代表小資產階級的知識份子，躍進為工人階級，「現在教育工作者和文藝工作者皆成立了工會，肯定了工人身份。」從第四顆小星變成第一顆小星，那裏不算光榮的轉變呢？至於這一領長衫「等於從前所稱為儒冠的」，早已打算脫下了！平昔是專以腦力來勞動的，現在腦力與體力相結合，在這光榮轉變中簡直是做一個雙料的工人。振鐸的表現比我高明得多了；我從小就差勁，自己不曾收拾過鋪蓋，沒有洗過自己的手帕，談不到衣服襪子了。一向是飯來張口的。在旅行的時候，朋友就把我當作行李一件。自己對於生活必需的勞動尚且依賴著他人，還談到為他人服務嗎？振鐸這幾句話說得婉而且摯，他還問我「以為如何」呢？其實他看准了我的缺點，希望我確定勞動觀點，革除舊習，所以有「光榮的轉變」底話。我們必需以行動來接受這五個字！我此次親眼看到他捆行李上征途的光景：風塵滿鬢，一套短布裝，似乎已決心脫掉了那長衫，已學做著工人了。我感謝老友的五字饋送，我一定要向他看齊的。

（50-02-25）

影像

有外國人在中國買人家祖先的影像當做古畫，過去我認為是很可笑的事。其實，影像又何嘗不是畫？從這畫面中我們還可以看出那一朝代的服制等等。在沒有照相的時候，畫師是對著本人畫像的，叫做「喜容」，其間手段高低大有分別，和現代的素描速寫底方法頗不相同，那時還是細細的用筆來皴，第一自然是輪廓，也並不考究陰陽面呢。沒有喜容的人，到死來「揭帛」，這一種畫法更是渺茫，憑畫師揭開蓋面的帛來一看，要他畫得逼真，根本是不可能的。有的連「揭帛」的手續也省掉，拿一本《百像圖》來選，就選擇一幅近似的像做為那一個人的像。舊時影像的成因是這樣的。舊家還有藏著清初的影像的不少，聽說蘇州洞庭山王家就有明代的影像；經過抗日戰爭以後，影像大約損失的很多。我搜求五十年前的文人學士的像，多半向他們子孫借影像來臨摹一副本。那年在浙江文物展覽會中看到過全榭山的影像、天一閣范氏幾世的影像，給我的印象極深。我們江南每年在臘月二十六（有些地方是二十八），人家便把祖先影像懸掛起來，到正月十八落燈節再收捲起來，這也好似是一次展覽會，給子孫認識一認識祖先的遺容，同時又知道各朝代的服飾不一樣，這是很有教育意味的事。照相術發達後，畫影像的風氣也變了。

（50-02-26）

車中

滬寧車隔了半年多沒搭乘，坐在車廂中，一切見聞似乎都改變了。以往聽到的：隔座在談物價的漲落，生意如何的遂意；或者對座有賭徒在大談其前夜的得意之局。此外不是在看黃色刊物，便是低著頭打盹。現在的情形的確和從前不一樣，第一有了秩序，由車窗出入的事是沒有的；乘客（不管是店員或公務員）談的大都以學習為題，或者各述他那團體的文娛活動，有的還唱著新學會的歌子。這時節正是還鄉度春節的人回上海來，在寧錫這一段，乘客還不甚擁擠；一到無錫，上來的客人幾乎超過原有的乘客，使我感到不滿的是費了一千元泡的一杯茶才喝到兩遍，在攏常州站時就被收回；他的理由是停一會要擠，率性在中途（其實路還沒行一半）便結束了，好像此後乘客就不會口渴的。在車中我恰巧遇見一位老友的女兒，她是在蘇州下車的，她在電話局服務，她告訴我那局裏業務的情況，以及學習小組是怎樣進行的；我對於她們那樣熱忱去學習是非常佩服的，這下一代的鐵般的少年朋友們，在這種鍛煉中將全變成了純鋼，她（他）們不止是棟樑材呢。這班列車在下午三時二十五分由南京開出，九時二十五分準時到達北站，車中坐了六小時，可是經過一個相當長的時間才能走出站，因為大家都又準備明天上班了。

（50-02-27）

朱彊村軼事

彊村先生住家在虹口的時候，我去看過他。矮矮的個兒，慈祥的容貌，對後輩還是那樣謙和，只有稱溥儀做「今上」，我們聽到覺得有些刺耳！他老的本名是祖謀，後改孝臧，字古微。有時署上彊村人，晚年也常署作彊村老民。那一年的秋天，我應成都大學聘入川，第二年到開封，碰巧「九一八」關外事起，不久便聽到彊老的噩耗。後來聽說溥儀的出關，他是不贊成的，罵鄭孝胥「置吾君於爐火之上」！他與散原同負文學重名，也同是比較明白大義的遺老。他雖是浙江歸安人，但小時隨宦在豫，開封是他的釣遊之地。那時王半塘（鵬運）的家也僑寓在汴，因此他們成為「詞友」。開封人傳說彊老的父親曾為著發覺冤獄，把一個已將執行斬刑的囚犯釋放回來，寧可自己罣誤，不肯犧牲那人性命。他們說彊村的發科名、負文譽是「食德之報」。拳匪那一回事，慈禧昏亂的處置，彊村的抗議是準備給她殺的；雖然未作犧牲，從此他卻絕意政治了。晚年除了填詞以外，每天和幾個老友看看牌。有人勸他：「久坐傷腰，久視傷脾，還是不看牌的好。」他說：「你要知道久閒傷心呀！」這句話根可看出他老的風趣來！他早年的書法很瘦挺，後來漸漸地筆劃粗了，右偃左揚，有一些像個人扛著肩膀歪著頭的樣子。

（50-02-28）

金山寺之火

鎮江金山寺聽說正在修建，我已記不清金山寺的被焚是一九四七，或一九四八的事了？至於焚燬的原因，當時故意說得閃爍，好像真有「天火」似的！跟著還發表了一些神話，什麼「金山一炬朝廷改」哩，明末毀過一次，清末又毀過一次。又有什麼「蝦蟆成群結隊的渡江」哩，說得活靈活現的。在劫火以後，我曾去勘察過：進了小門，所有正殿偏殿，方丈齋堂，燒得一乾二淨。只有山背後的法海洞還沒受到損害。我問和尚這一次大火的真象，聽他們口氣好像有什麼難言之隱的，總是那麼含糊其詞；有個小和尚偷偷地對我說：「什麼天火；老實話，是駐軍放的一把火，只是沒有人敢說！」實是這樣的：那些反動派兵太爺在偏殿上煮豬肉吃，拆了椅桌充柴薪不算，火種散滿地上，他們是揚長而去了，而這座大叢林就得這樣的下場！和尚不敢說明，只有用神話來掩飾；到今天這件公案可以大白於天下了。金山寺的和尚畢竟有能耐，居然兩年後能募集功德來重新廟宇。不過，在這樣偉大的時代前，有財力有人力與修建禪林，何如做一些生產事業，不更有益於人民嗎！我是希望金山寺的僧侶替佛門開闢新道路的。當行車在夕照中經過鎮江時，我望見金山寺的塔影，不禁這樣地在想。

（50-03-01）

三百年間兩黃人

不同時代，同生長在江南，同姓名的是兩位「黃」。第一位黃人就是上元黃九煙，他是明末清初時人，他的《製曲枝語》刊在《昭代叢書》中。他有一個「將就園」，兩個兒子一叫「似是」，一叫「而非」，他一生的行跡很奇特，在現代心理學家的眼裏，他該是一個精神病患者。他本名是「周星」，為什麼要改作「人」，我們就無從知道了，另一位黃人是蘇州黃摩西，他是清末民國初年的人，南社的健將，本名也不是「人」，這是後來改的。他在光緒末葉，東吳大學剛開辦時，任教文學史，有一部《中國文學史》差不多四五十冊，也可以算是選本，說一家就附這家的選集；說一體就附這體的選本；只有每一時代前面加上一篇總論而已，但這書也不能說它沒有用處的。他自己的作品才氣縱橫，模仿龔定庵很像，我只看過《摩西詞》，不知道他的詩文印過專集沒有？他和吳瞿安先生很熟，瞿安先生在日，對我談過這位黃人的生平，彷彿也有過傳奇式的韻事，可惜已死，我們無從親炙他了。這兩位黃人同是三百年間的人物，一個是明室遺氏，一個是老革命家，但他們不獨同姓名，性格也相近；同不滿於那時的現實，又同做出狂放不羈的樣兒來。越是這樣越與人民大眾隔離，「高蹈」用現在的語言來說就是站在人民的上面，宜其不能有成，同以狂士終身了。

（50-03-02）

腫下眼皮

有位朋友從山東來。和他談話，聽他說話中常常用「腫下眼皮」這四個字，我不甚瞭解，他說：「腫下眼皮就是往上瞧的意思。」下眼皮腫起來，當然不能朝下看，下面是群眾路線，你不朝他們看，怎樣能跟著他們走呢？有些人只是往上瞧，由於往上瞧，他就想往上爬，爬得高高的他才得意，而不知道他與大眾已經有距離了，越離越遠，更沒有接觸的機會。這是病態，這病正是腫下眼皮的病。這上下不是舊時所謂「力爭上流」，或「日趨下流」，沒有什麼上流下流，只是少數和多數的分別。自以為高高在上的是少數，不一定「上流」；反之，在廣大民眾中間的占絕對多數，也不是什麼「下流」。過去的小資產階級知識份子就有往上瞧往上爬的企圖，認為是「取法乎上」，他們從來沒有想到走群眾路線的，正是患的腫下眼皮病。要醫治這毛病也很容易，只消將下眼皮消了腫；多朝下看看，同時也不是不能往上瞧；往上瞧也是提高自己的警覺性。上瞧下看，遠望近觀，四面八方多多用眼，不必「千手千眼」，而這一雙眼儘量發揮它的能力，不但外視，還要內視。腫下眼皮固然是現在一班人所有的毛病，「眼力不濟」也是通常的現象。我聽了這位久客濟南朋友的話，我不禁牽涉的想了許多；我不願意配一副眼鏡，而願常常「拭目」，以防眼皮之腫。

（50-03-03）

安得知

「安得知」這三個字，要讀作「安打低」才對。為什麼叫做「安打低」呢？意思就是「不曉得」。抗日期間，福建省會由福州搬到閩北一個小縣份叫做永安的，永安人有一句口頭禪，就是你問他這個，他搖著頭說「安打低」，問他那個，還是「安打低」；於是福州人便叫永安人做「安得知」了。

出了永安城，有座橋，叫第一橋。過橋朝上吉山去，那並不是什麼高山，比城裏坡度大些罷了。一條燕溪圍繞著，路很曲折，越走越幽邃；左手倒有個山頭，上面一座北陵殿。在這一帶平靜的區域裏，我曾度過好幾個月。城鄉的交通靠長途汽車，用的是松根油，有些人嫌這油味；可是我最愛聞，因為這一股清香氣，我覺得比汽油好。

永安出酒，釀酒就在吉山，所以名稱「吉山老酒。」我素來有這杯中癖的，紹酒和仿紹的渝酒約有五六斤的量，可是吉酒只能喝上三斤，它的味厚而性猛烈；永安酒並不像永安人那樣和平。

離開城二三十里還有個大湖，湖上有山，高處叫天馬岩，在岩頂可以望見大湖一帶的村莊。土人還有大湖八景的說法，其實八景並沒有什麼特色，而在大湖吃魚倒是一件快活事。每年正月初十，大湖還有搶菩薩勝會，先將菩薩抬到北闕的亭子裏，把菩薩的衣冠脫除掉，抬近北闕時；鄉人爭著一擁而前，搶抬進了北闕，替菩薩換上新衣，抬著巡遊三晝夜。到了十三以後，還相給菩薩在大湖洗一個澡才送回去。這風俗怕在別處少見的。永安人曾問過我，連我也說上一句：「安得知」了。

（50-03-04）

悼念戴望舒

看到新華社二月二十八日北京電，戴望舒因患氣管炎割治無效在那一天下午一時逝世。我與望舒已十多年不相見了，就沒有知道他什麼時候到老解放區去的？他現在北京是擔任出版總署翻譯局法文翻譯職務，這是最適合他從事的一種工作。我所知道的他，原名戴月，字望舒，一署夢鷗，赴法留學前，是上海震旦大學出身。他的詩作有二十三年現代書局出版的《望舒草》，還有東華書局出版的《我的記憶》。現在手邊是找不到了，記得他是模仿法國十九世紀的象徵派底詩，彷彿很多感傷的情調。他對於文壇的貢獻與其說在此，毋寧說他的譯品所給與新文藝作家的影響更大。如《比利時短篇小說集》、《意大利短篇小說集》（以上皆商務出版）、《法蘭西現代短篇集》（天馬書店刊行），還有西班牙阿錯用的《西來提斯的未婚妻》、安列地的《良夜幽情曲》，譯筆均甚美。但他有一張黑而帶麻的臉，與他的才情甚不稱；好像又曾經過一度「婚變」，那些年他老是感嘆；如今才得這可以發展他才情的機會，而他又不幸的病死了。文人總是這樣可憐！有一年在上海，我曾聽得他說起在意大利曾發現一種傳奇，也許是殘本，題目好像是呂蒙正什麼；他手錄一過，要給我看，我也想拿來和同題材的元劇校勘一番，而一別十餘年，始終就沒有看那鈔本的機會，今天聞此噩耗，我真不勝人琴之感。

（50-03-05）

浮圓的沿革

浮圓子就是現在上海人所稱為湯糰的，南京一帶叫它做元宵。宋周必大《平園續稿》說：「元宵煮食浮圓子，前輩似未曾賦此，坐間成四韻。」同時范成大「上元記」：「吳下節物撚粉團欒。」似乎浮圓子又名粉欒。正月十五是元宵節，名它為元宵當係因節日得名，有的叫做「上元圓」，或作「珍珠圓」，一作「燈圓」，究起於何時？我還沒考得出，不過，在南宋是已有了的，我們可以知道。明初也還沿襲此例，據皇明通紀記載：「永樂十年元夕，聽臣民赴午門觀鰲山三日，以糖圓油餅為節食。」糖圓就是浮圓子。酌中志記北京舊俗說：「自初九日之夜，即有耍燈市，買燈，吃元宵，其製法用糯米細麵，內有核桃白糖為果餡，灑水滾成，如核桃大，即江南所謂湯圓者。」這裏所說製法和現今的差不多，湯糰本來有餡和無餡兩種，無餡的便是實心湯糰。而湯糰又是從湯圓得名的，不過浮圓子這名稱最有趣，浮字正形容它在湯鍋裏煮熟時的情形。我們家鄉還有一句俗語，講一個人不能表達自己意見時，叫做「茶壺嘴裏倒元宵，肚裏有數只道（諧倒字的音）不出！」它所以名燈圓，是與燈節相配合的，初八上燈日，落燈日也稱十三，十五一樣地吃這頑意兒；通常見人家特製好餡兒送店裏去滾成圓子的，至於湯糰店賣的，無非是幾種常備的果餡而已。

（50-03-06）

記：鳳先生

提起呂鳳子先生的姓名，江南人大概不會感覺陌生罷。他現在已是六十以外的人，胸懷恬淡，不慕聲華，論人物是當代第一。少年多畫美人，中年多畫隱逸，晚年愛畫羅漢。韓紫石長蘇政時，為他印過一本美人畫冊。他在丹陽創辦一所正則學校，他畢生心力都為著這學校；當抗日戰起，遷校到四川璧山，在文風橋下，建了正則的校舍，那校舍不大，但非常精巧，純粹是東方建築，裏面有一間「鳳窩」是他自己的畫室。我很慚愧，對於正則未能盡力，有一次到璧山去看他，留我在「鳳窩」吃飯，立時作一幅畫送我；他笑說：「想不到畫出的這人物酷肖旭初，我正在懷想他，不自覺地一畫便像他了。」我回到北碚再請旭初翁題上一首小詞。呂先生名濬，兩江優級師範出身，是中國美術界前輩，融治中西，他的畫是自成機杼的。早歲以「鳳子」題署，他說這表字有些像日本女人，所以後來改作「鳳先生」。他居蜀時，畫過一幅《鳩摩羅什譯經圖》，圖中六七人，各有各的神情，各有各的職司，送到倫敦去展覽後，不知道收回了沒有？我另看到一橫披，畫的是十八羅漢，其中有的在掏耳，有在的私語，有俯有仰，有行有立，那構圖的方法不盡是中國舊有的。他不常作畫，每畫必有特色，尤善於題；不像近年那些多產畫家日日有出品，隨便加題的。

（50-03-07）

記：辻聽花

早些年報紙上流行過一種半通不通的文體，說起來算是文言，但夾纏一些怪名詞，讀起來很彆扭，那就是當時所謂「順天時報派」。《順天時報》是日本外務省在我國辦的報紙。順天時報社社長從會崎賢到佐佐木忠，二三十年不過只換三四個人。編那副刊的一位怪人便是辻聽花，每天寫一篇戲評，反來覆去換湯不換藥的都是那一套鬼話，什麼姿態可觀、聲調悠揚地在捧角，又專收那時的角色做乾兒乾女。每天戲園子總為他留一個包廂，無聊之至的還要常來什麼名旦選舉。能寫平仄不甚調協的歪詩，和樊樊山、易實甫、廉南湖一批名士唱和，得意忘形的儼然也以詩人自命。在一九二〇年。搞了一回花選，那時正是徐世昌任總統，聽花故意的給武陞班妓女徐第也做上一個花國大總統，在順天時報發表一篇〈徐大總統就職宣言〉，意在作踐徐世昌，曾引起一場交涉，不過毫無結果；而辻聽花還自鳴得意。一些不長進的中國記者還模仿聽花的辦法。說起來辻聽花就是新聞界一個墮落敗類的典型，雖然《順天時報》那些年銷路並不壞，實際這種報紙是毒素最重的。一時響應他這作風，還有什麼「小春秋」、「東亞餘聞」、「消閒餘」之類的，皆依樣葫蘆，學辻聽花這個派頭，真可算新聞界最黑暗的一個時期。現在，這一種作風可是不流行了。

（50-03-08）

相字

相字又叫做拆字，我們可以看做一種文字遊戲，像元人所謂頂真續麻，拆白道字一樣。要說是術數，那才是笑話，不過拆字的時候，一定要靠觸機，有時會與事的發展相符合。例如謝石，他拆「杭」字，認為兀术要重來。拆「春」字，說是拳頭蔽日。簡直是對於時局的隱諷。還有在賈似道時，有個術士拆「奇」字，說「立又不可，可又不立」。把賈似道罵得好苦，術士也為著拆字把性命送掉。在明末，相傳闖王進京的當兒，有個太監跑出宮外，在拆字攤上來拆字，口報一個「友」字，那人道：「反的已出頭了！」太監說：「不！我問的有無之有。」那人道：「大明江山去了大半。」太監說：「不！是申酉戌亥的酉字。」那人道：「那更壞，至尊也要斬頭去足了！」那太監搖頭太息而去。有些人聽到這類故事，認為相字的真靈。其實並沒有靈不靈的分別，只是看你認清認不清這件事；認清了事件，借這個字推演出假設的結果來，就會與這事實相同。並不是偶合或巧合，還是看推理的正確不正確。我們只拿它來做一種文字遊戲，未嘗不是一種好的遊戲方法。

上海那嚴芙孫的葫蘆測字，南京那門庭若市的葛少琴，皆是以相字出名的。尤其葛少琴差不多二十來年沒有空閒過一天，有許多人願意出相金來請他「決疑」。我看他並不見得讀過多少書，更不會有什麼「法術道行」，然而經他相過字的都說是「靈」；據我看來他是一個最世故的人，當你拈一個字來，向他發問時，你的一切，他已了然於胸，便算所預斷的後果與事實並不合，而你所記得於他的話，還是你所認為靈的部分。你為他的世故所籠罩著，你還不覺得呢！

（50-03-09）

呂氏三姊妹

旌德呂氏三姊妹，在中國婦女界總算是罕見的人物。碧城久居海外，死在異域，她這一生可謂不平凡的一生，才名洋溢，舉世傾心，固然了不得。就是大姐惠如，辦南京第一女子師範十幾年，她的畫，她的詞，造詣深，境界高；和她那冰清玉潔，孤寂的身世是相稱的。那自著「齊州女布衣」的美蓀，詩學鮑謝，終身西服，一嫁再嫁都是洋夫婿，僑寓青島幾十年，一手草書，不獨工力厚，氣魄之大直不類閨人手筆，她只和遺老們有往還。她的生活與文學藝術極不調和，此其所以成為呂美蓀的作風。然而兩位姐姐終竟要讓碧城一頭地。碧城的口才最高，相傳為著女校的事，曾面折樊山。樊山和她們的父親是甲榜同年，因為說不過她，一天憤憤向她說：「賢侄女，我無以難你，你是上下兩張嘴的！」呂字本來是兩口，這句話弄得碧城面紅耳赤。那時她不過二十，在三十以後她有了一大群男女秘書，聲勢赫奕，非復女學究情況了。她自稱「頗擅陶朱之術」。在巴黎出席一個會，身著孔雀毛的大衣，珠光寶氣，照耀四座，她頗得意。晚年佞佛，戒殺除葷，又是一番光景。我在開封時，於邵次公案頭常讀到她的詩札，可惜一直不曾見過面。現在這三姊妹都已逝世了，無論如何像她們這樣的婦女，在中國算是罕見的了。

（50-03-10）

遊戲科學

偶然在一位朋友家裏看到三十五六年前，棋盤街錦章圖書局出版的《遊戲科學》，是錢銘芬，字香如的所編輯，一種不定期刊雜誌性的書籍，一共出了四期。它揭櫫在封面上的是「奇妙幻術」、「戲法秘本」或「老嫗能解之新智囊」，的確，它內容很通俗化，編製方法也活，誠如他所說「用家庭日用物品佈置裝配；雖屬遊戲，大半含有科學性質，謂之遊戲書可，謂之科學書亦無不可。」裏面差不多每頁附有圖，有的用說故事式的，有的只說明方法，從子目上看，什麼針通銅幣、銀角自墜瓶中、無線掛物、火樹銀花、鳥入口中、水中之紅雲，還有什麼神象、孫行者、吞燈，這種名稱就像江湖上傳授戲法似的，但他又標明什麼物體本質學，中心力學，粘性學，重心學，電性學，支持學，惰力學，彈力學，視學，吸力學，有的逕用光學，熱學，聲學等來分類；他和普通戲法書不同，因為他還說明一些原理。如「一等於三」一條是用代數演算的，「食譜異味」所列舉的又皆極淺近的例子。我們不是在提倡科學大眾化嗎？這《遊戲科學》的試驗是值得稱許的！他有時又寫一兩條「水變酒」、「三根火柴搭架」、「皂水種種遊戲」、「跳躍之銀幣」等都可以給兒童用作表演，是非常有教育意義的，至於遊戲談二十一則，那些含有科學意味的笑話，如甲踹乙腳，乙控甲加以壓力，而甲反說乙加以阻力；這等小故事也不算是最無聊的。這位編者不知道現在還生存沒有？據此書看來，他編輯的時候還是個少年呢。

（50-03-11）

談謎

有位小朋友給我一個字謎，這謎面是「你也排行第六，我也排行第六，看著就像同胞，其實天遠地隔。」這是射天干的「己」和地支的「巳」兩字的。這字謎製的相當工巧，因此想起馮夢龍的《黃山謎》來，他分謎為七類，字謎一類中「兩畫大，兩畫小」隱「秦」字；及「上無半片之瓦，下無立錐之地，腰間掛著一個葫蘆，到有些陰陽之氣。」隱「卜」字，這兩條還好。天文謎中只有隱「雪」的「冷便愛，熱便怕，有子花兒結弗得個果，有子珠兒穿弗得個花。」這條比較好些。花木謎及鳥獸謎不免想入非非，前者字面上都故意寫得穢褻，如「將尖鵝卵面，極是惹人歡，紅嘴兒親，白牙齒兒含，肉肉一到手，兩爿都不管。」射的是「瓜子」。後者又嫌太文雅，如「細細叨叨說是非，掠來掠去摠相知。託言說道弗忘情，明年再來熱鬧個門庭。」射「燕」。文史謎最少，但隱「書註」的一條：「大的少是小的，小的多是大的，大的不說小的，小的專說大的。」這很妙。器用謎最多，鏡子一謎正是「紅樓夢」寶玉出的謎面底文字。射香爐的是「身兒圓圓，有耳不聽旁人言，有腳不間行，有口不說是和非；有時熱心腸，有時心灰意冷。」頗耐人尋味。最後是人事謎，如「捉齊頭兒，拽直身兒，磞哩磞，捋哩捋，一同滾轉來，一塊滾轉去。」指「搓線」言，這也頗能傳神的。元代很多作家有隱語集，卻不曾留傳下來，現在所傳的，最早只是明人所作，夢龍這選本應該錄的當時名謎，但也不過如此；現代人製的謎會「後來居上」的！

（50-03-12）

春天的夢

春天是個多夢的季節。蘇東坡在南謫的時候，曾假託一個春夢婆；借著他這夢境，和海外的謠傳結合在一起，說這故事的人不得不算是天才家，將死與夢輕輕的粘住，又輕輕的揭開；蘇東坡的確在嶺南並沒有死，那只是一場春夢！我從小愛做夢，愛聽人說夢，好些年前打算寫一本記載夢的書，卻一直不曾著手。年歲大了一些，近來「和夢也不做」了。回想少年時做的許多瑰異離奇的夢，真不知這些夢是怎樣做出來的？現在我還記得清楚：大約在八九歲光景，我住在外家，有一個春夜，我夢見成千成萬穿著戲裝的人，都是趙雲那樣打扮，白盔白甲的，手執著短戟，有的是對鎚（好像並沒有長槍大刀）；即以外家的房舍為背景，出出入入，就是舞臺上繞場的樣子，鑼鼓聲一片，這時我坐在母親懷裏，當然都是戲裝，我卻知道不是在作戲，真的在逃難了！翻山越嶺，沒命的在逃奔，後面在追；道旁忽然有口井，母親歎了一口氣，抱著我一跳就跳下去了！驚得我一身大汗，醒了。那時我只看過一兩回京戲，這個夢當然由於那一兩回京戲所給予的印象，下意識的反映了出來。不過，在三十多年後，當我遷播在西南一帶時，我常常會想起這一個夢來，雖然這是夢境，這是夢，我總將信將疑，似曾有過這事。

（50-03-13）

再談春夢

佛說夢的成因有四種，如我所談的那種夢景應屬於大不和夢。在飽食以後，在熱被窩裏，會有極絢爛富有傳奇性的夢做出來，有些夢會使人終身不能忘的。也有的時候，沒有見過的人，或沒有到過的地方，在夢中出現；若干年後果真見到那人，去到那地方，這真是不可理解的，我也曾有過這樣的經驗。這比莊周夢化蝴蝶，仲尼夢見周公要難解釋得多了！少年時春夢多，少年人也愛做夢，因為夢未嘗不給我們一點安慰。例如亡故了的父母，只有在夢中可以恢復生前一樣的歡聚；有時夢也可以彌補我們的缺陷，不能在現實獲得的幸福，夢中一一可以獲得。在科舉時代，向于忠肅祠去祈夢，當時是很盛行的事。現在當然不會再有祈夢的了。中年以後，非常講究現實，夢也跟著少了；老年人的夢也許更少。春天似乎最適宜於夢，夏夜也有不少人會做夢，秋夢就少了，冬夜更不是做夢的時候。從前我愛喝酒，我說酒的偉大處在能使人脫離現實，旋轉空間，移動時間；做夢有時與酒醉正相同。如今既不喝酒，又不做夢，有時不免感到枯寂。我豈不成了說夢的癡人，不做夢而說夢。早晨一醒，聽孩子們在說昨晚做了一個甚樣的夢，我聽了，實在是羨慕他們。春天來了，我希望在工作之餘有做一次夢的機會。

（50-03-14）

葉天士軼事

這故事我常說給人聽，可是我已想不起在什麼地方看見的，或什麼人講給我聽的？這是一個很有興趣的故事，說：有一天，在葉天士的診所來了個病家，天士給他看脈以後，知道他六脈平和，並無疾病。但此人很黃瘦，天士是聰明絕頂的人，曉得他的來意；便道：「你無別病，只是害的窮病！」一句話使此人大為心服，道：「果然先生醫道高明，那麼，還開方子不開呢？」天士道：「我要開藥方的，只有一味藥，就是橄欖核。你到處拾了橄欖核回去栽到花盆裏，等些時候，便有苗生長出來，我包你的病就會好的。」此人聽了，一一照辦，不久，花盆裏的橄欖核果然長出了苗，他又去告訴天士。於是天士所開的藥方上大都用橄欖苗作藥引。病家愁沒有買處，天士又介紹到那人家裏，二十盆的橄欖苗，沒多天賣完了，他再去栽了幾十盆，這人的窮病在兩三月後已是霍然痊癒了。這故事是不是實事，我不敢說。栽橄欖核也算是一種生產，可惜只能供給天士開藥方作藥引用；天士的手段也只能給這一個人醫治窮病，這是美中不足的。

（50-03-15）

五虎

「虎」字有些嚇人！這裏所說「五虎」，既非魚肉地方的惡霸，也不是舞槍弄棒的好漢，只是幾個斯文朋友，因為猜燈謎拿手，得有此名。有人說曹娥碑陰那「黃絹幼婦」等八字是謎語之祖（我是認為謎語出於荀賦的），《西湖志餘》上說：「元宵前後，好事者為藏頭詩句，任人商猜，曰猜燈。」有的叫做「春燈」，有的叫做「燈虎」。同光年間，南京燈謎之風甚盛，周左麾、姚璧垣、鄭季申、華金昆、孫雲伯五先生號為「五虎」。周名鉞，姚名必成都是名士。孫名正礽業布商，有《憶香詞》，他對燈謎有一部《燈影錄》，我曾刊印過。這裏面很有些有趣味的：唇齒相依打「呀」，可為歎息者六打「長吁了兩三聲」，堂上一呼打「娘呵」，雅座打「這席面真乃烏合」；元妃打「一個是文章魁首，一個是仕女班頭」，弱打「繡鞋兒冰透」，信亡去打「何上苦追求」（以上皆西廂）；三十六著走為上著，打「林逋」，如此風波不可行打「虞翻」，近朱者赤打「師丹」，朝雲打「蘇小」，向晚意不適打「莫愁」（以上皆人名）；又如云誰之思西方美人打「憶秦娥」（詞曲牌名）；萬里橋西一草堂打「杜宇」，右軍書打「精衛」，行打「書帶草」（鳥名植物名）；訏打「話久吞尖留半句」，有意打「反面無情」，蔡仲之命打「胡說」（以上諺語），無不精工。不過大部分還是射經書的，的確當日是膾炙人口，或已作愜心，其他四虎之作留下來的反而少了。

（50-03-16）

銀婚攝影記

今天是一九五〇年三月十二日，農曆是正月二十四，好像有一件什麼事似的，心上揣度了一回。哦！想起來了！二十五年以前，正是我們結婚的日子。我們的大兒子正參加在防治大隊，在沿海一帶醫治日本吸血蟲病去了；第四個孩子又在北方，兩位大的女兒和幾個小孩子要我們父母給他們吃糖。由於我的建議，我們倆照了一張像。我和妻兩人的像還是結婚沒多久時照過的。結婚二十五年所謂「銀婚」，這是洋玩意兒，本來沒有採取的必要；而老玩意兒所渭「重諧花燭」，要結婚六十年的才舉行，那時間還離著遠呢。不過，趁這機會照一張像寄給遠人，他們見了一定很高興。我們倆藉此也可檢討一下這二十五年間的生活。由一張舊照片到這張新照片，雖然彼此都不免蒼老多了，又經過了多少流離喪亂，我依然是一個懶散的人，不能獨立生活；而妻比我反堅強多了，她對於家事的操作，對我的照顧，孩子們的照顧，誠然如我們小女兒說的：「媽算得過勞動英雄。」我除了耍筆桿，別的幹不成，就在那照片上寫了兩首詩：「勞苦夫妻尚並肩，久而相敬益相賢。紀婚海國逢銀歲，矢愛東方擬石堅。貧賤生涯耕恃筆，亂離性命袋空錢。只將血汗供時用，永好重期廿五年。」「四兒三女半成人，爾我相看鬢各新。歲月駸駸衰老漸，風波歷歷怨恩親。未隨俛仰知非傲，得共逍遙幸故貧。珍重心情留面目，年年應不忘茲辰。」連詩帶像就寄給孩子和幾位親友罷。

（50-03-17）

談形於言

桐城文家講究的是「言必有物」，還有「言必有序」。物是內容，序是形式。我認為第一步是「有話要說」。讓我先講一個笑話：據說從前有一條渡船，船上坐的十幾個人，只有一個女人，還有一個老和尚。這些人看見個娘們，便評頭論足的，你一言，我一語。老和尚低眉閉目，一聲不響。及至到達彼岸，大家都走了，這女人伸掌就打老和尚，和尚說：「那些人在談論你，我連看都不曾看你，怎地打我呢？」這女人說：「正是因為你不說，我知道你肚裏藏的甚樣壞話！也許比他們更壞！你說不看，比看的存心更可惡！」於是和尚也無法分辯了。當然這不過是個笑話。在應當說話的時候，你也得說；所以我說第一步是「有話要說」，然後才能考慮「這話怎樣說？」「說些什麼話？」「對誰說？」「在何時說？」「在何處說？」我用舊文辭來解釋是「動於中，形於言。」這形字很妙！有此深沉的人，對一個問題，老是不表示意見，你說他沒意見那便錯了，他是有意見的，不肯說罷了。雖然不肯說，但聽人家的話他又不贊成；這種人在集體生活中便成了絆石，可以說他是最不坦白的人。因為「有話不說」比「說的不成話」還要壞。他不是不動於中，只是這「言」不「形」出來，除非像那女人對付和尚，打出他的話來，此外更無辦法的。現在在學習風氣中，多給人說話的機會，不愛說話的人也需要說話，這樣當然就不會有「悶葫蘆」給人猜不透的事了！

（50-03-18）

龍蟠里訪書記

南京漢西門一帶，從前是文物萃聚的地方，祠堂古跡，所在而有。在龍蟠里，為桑根先生築的「薛廬」底對面，有一所學府，那便是惜陰書院的舊址，光緒末年，改建江寧縣學堂的去處，後來成立一個江南圖書館，現在叫做國學圖書館。收藏之富，在海內與北平圖書館、中央圖書館是齊名的。過去，我常來。我所刊《飲虹簃叢書》有一部分從這裏面傳抄出來的。費了二十多年光陰，才完成三十八冊，還有兩冊沒付刻。這四五年我很少空閒，龍蟠里久不到了。丁丑年抗日戰爭發動後，館書曾經一度散佚，館長我的老師柳翼謀先生萬里歸來，以七十高年，盡力恢復，居然收回四分之三，並且印了兩鉅冊的《現存書目》，和那戰前編印的三十本總目比勘下來，除方志、叢書損失較大外，宋元本、明板書，尤其抄本大致都完好。南京解放以後，聽說由金崇如先生負責，館中舊人大半還在工作。我編印的《金陵秘笈》，曾刻過館藏抄本《冶城客論》、《江南餘載》。和另一本《留都見聞》，由於同好的鼓勵，還要我繼續下去；我想到《江表志》、《江南近事》，都是記載南唐時事的，有印出來的價值，我便又到龍蟠里一趟，盤桓了半天，得到幾位館員的協助，這兩部書都錄副而歸。我為著這圖書館祝福，希望它永不再受到災難，它的收藏能一天比一天多起來。我願意像二十多年前一樣常常的來才好。

（50-03-19）

英雄鄭叔問

大鶴山人鄭文焯在老輩中是一位含有神秘性的人物。當然他的《樵風樂府》自有他的好處，我們不可信口雌黃，「譏彈前輩」；然而他會故意的弄花樣，例如他分明是一個漢軍旗人，署籍「鐵嶺」，按例他字叔問是稱「文叔問」的，用漢姓，從漢俗，也可稱「鄭叔問」；而他又自稱是高密鄭氏之後。他一談起聲律來，似乎只有自己抱「獨得之秘」。那姜白石自度曲十七支雖然注有工尺，但無節拍，如何能知宋人的唱法呢？瞿安先生那時年紀還輕，聽他的議論，不免時有爭執；不獨鐵洞簫一事。叔問漫不在意，仍然高自位置。只是彊村翁最妙擅言詞，他說：「叔問自是英雄！」這句話是歇後語，意思是「英雄欺人」。我們這鄭叔問先生成了詞壇上的英雄，幾乎為時流所默許了。民國十九年我在成都也遇到一位，是朱青長先生，他與鄭先生同調，他認為別人的詞不可歌只有他的詞可歌，他又蓄有青衣婢，有時他擫笛，青衣唱，有時青衣擫笛他來唱，自以為白石後一人而已。當時有些少年前來問我，他這歌法怎麼樣？我不便批評這位朱翁，我只說：「據我所知，宋人歌詞之法已絕傳，用現代歌法唱詞我是不反對的。」這位朱先生和從前一位鄭先生，他們的歌法是不是就算宋人的歌法？我不敢妄置一辭。實在，朱先生也是一位英雄。

（50-03-20）

李曉暾的家世

旭初翁在《談薈》中提到李曉暾，因為黃季剛在他那本《曉暾類稿》上有題記。關於他的身世，我倒知道一二。他名世由，湖南寶慶人。那攻破天京的首功李臣典就是他祖父，臣典是害百日癆死的，死後封男爵，後來就在南京落籍了。他家住在楊仁山金陵刻經處附近的松濤巷。曉暾的老母十多年前還健在，一家都染有嗜好，他的長子昌濂十幾歲上便吸了煙，一個極聰明的少年受祖母的暱愛，在曉暾死後沒多久，弄得窮困異常。初娶同鄉黃氏，繼娶江寧韓氏。次子好像經商，和家庭也就分開了。那第三個兒子昌汾在這惡劣的家庭環境中從小養成一種反抗精神。民國十二年在益仁巷民立中學讀書，那時我在那學校教國文，昌汾很和我接近，就曾送過我一本《曉暾類稿》；無事對我常談起他的家事，恨他大哥，恨他祖母，連他那位男爵的曾祖他也恨，因為助清滅洪做滿人奴才是子孫的恥辱。他要參加革命，不久他失蹤了。五六年後，我才知道他加入中共，不幸被捕，在雨花臺給槍決的！這一個又聰慧又能幹的孩子就這樣犧牲了！我為他曾找過他大哥，事前我們想營救他，沒有能救到；他死時那祖母還活著。昌濂是死在南京淪陷期中的，聽說他的子女還好，這就是曉暾的孫男女了。至（於）松濤巷宅子，現在不知已屬於那一家了？

（50-03-21）

正楊

專對某一家作研究的著作，在過去中國就少有；更談不到專批判某一家了。批判當然指思想方面說的，至於專訂正某一家著作的錯誤，凡原作者引用的書有錯誤的地方；或所舉的事例有錯誤的去處，你替他一一考證、指摘、改定；這必須用很科學的方法、態度才能從事這種工作。在明代有個陳晦伯，他作了一部《正楊》，專門正楊慎的錯誤。我們知道升庵先生是全明最博雅著作最多的一個人，晦伯來訂正他的錯誤，有許多講聲氣的人便認為晦伯無聊！其實升庵的著作，很多是隨便的，平日也許就沒有檢書冊的習慣，錯誤當然很多；他又是「造假」的能手，連代漢魏人造偽書的事也常幹的。晦伯的《正楊》自有它的價值，對升庵並無什麼妨害。這正是代表兩種治學的方式：一個是天才橫逸，搖筆著書；一個是字斟句酌，語必有據。也可以說一個有創作的天才，一個有研究的精神，各行其是；雖名「正楊」，倒沒有標出「匡謬」、「正訛」、「改錯」等字樣。毫無敵意在裏面的。在今天的估價，陳晦伯開了這訂正某一家著作的例，對學術不是沒有貢獻的。周吉甫說：「即所正皆當，已落第二義。」這句話也不恰當。因為這沒有什麼第一義第二義的，根本這是兩條不同的道路，批評研究和創作，各人可就個別的才性走自己所想走的路。

（50-03-22）

㚻神

「㚻神」是一句四川話，用來寫一種人。這種人就如下江人所說的地痞流氓，不，並不與地痞流氓性質盡同。「㚻」讀若妥，是單身兩字並成的；在這一點上又和光棍的意思有些彷彿，不，光棍光蛋好像窮得精光的，而㚻神不一定是精窮的人。說到光棍，斥罵的分量似乎太輕。在經書中，我又想起這「獨夫」的名稱，獨夫是高居眾人之上，而迫害眾人；只顧自己，不顧他人的「民賊」！㚻神比起獨夫來，獨夫兩字份量又過重，顯得身份不同。然㚻神雖不必獨夫，而獨夫必為㚻神，此話怎樣講呢？換句話說，例如：地痞流氓不必當那一名「總統」，而當「總統」的一定是個地痞流氓。所以對於那一支「朝朝代代總是壞蛋坐江山」的歌，我最同意。可見㚻神是「自古有之」的。眾人所指目的流氓常常不肯自認為流氓，而㚻神不同，「你說我是㚻神，我就是㚻神，我做㚻神給你看！」說得到做得到，我就遇見過這種㚻神。

要對付㚻神，用打用罵是不行的！因為打罵是他的看家本領。我們要改造他，一定給他生活在非㚻神的環境中。獨立他，排除他，這單身就會成神；使他在集團和大眾接觸，瞭解大眾，失去他的孤獨感（包括優越感，自卑感），使他覺得不受歧視，這㚻神也許就不再做㚻神了。

（50-03-23）

服闋

草此文時，是庚寅二月初五，是我為先慈守制期滿的日子。喪禮這三十九年來始終沒有制定，喪服也沒有明文規定。我們還沿著「三年」的習俗，通常服母的孝是二十七個月，比服父孝來得長，既無新制，只有從舊習了。以往「丁艱」，任官的要交卸，服闋才能起復。在守制期間，家貧的往往在家鄉講學，做一個書院的山長是可以的。民國後，根本就沒有丁艱這回事，當然時代不同，一切都改變了。決不會有御史來參劾，說：你匿喪不報！這些是無容顧忌的。像我們戴孝，只箍一道黑紗，這黑紗究竟要箍多少時間？也沒有一定的，我們只有各自為政的箍了三年，在這三年中，和朋友通信，在姓下名上加一個制字，弟弟們是跟我學的，我又跟從前人學的，這樣依樣葫蘆式的維持到今天，究竟合式不合式？合理不合理？也從不曾有人和我說。不過，每寫這制字時，心裏便會想到先慈，我相信這種追念不是沒有意義的，至於這制度值得不值得保存？我並無意見。今天除了奉先慈神主入龕外，就是我們兄弟同時易服，有幾位至親前來行禮，如此而已。此後我作書不再加制字了，我警戒著自己，實際上為著減省這個字，我寫信還會念到的；雖然服是闋了，這種追念是不會完的。

（50-03-24）

刻書的好處

好多朋友都笑我好刻書。在二十幾年以前，我最初遇到江問漁先生，他便說到在現代印刷術發達時代，似乎不需要再採取這種落後的手藝了！我在成都給黃氏茹古書局印過一些書，岳池書刻工的地方我又照顧過他們。在開封，已多年沒有生意的馬集文齋，我也代它延攬了不少筆生活。至於南京不用說，姜文卿刻書處經常替我工作的。早兩年我寫了一本《書林別話》，專談寫刻書籍，刻書究竟是什麼好處呢？我認為和鉛字排印是可以並行的。大量的出版自非上機器不可；少數的不妨木刻。木刻自寫樣到刻成，至少經過四五校，錯字當然少；就是成書發現一個錯字，或者改動幾個字，隨時可以挖補。起首印過二三十本紅樣本，認為滿意再印它五六十本，最多也可以印一百本，隨時校訂隨時加印，在機器上是辦不到的，雖說紙版也能挖改，那和挖補木版不同了。機器上一印一千，又怎能逐本去改易呢？而且油墨和墨也不一樣，越陳越好看。鉛字的字體需要一致，排起小學書或金石書來麻煩極多，反而不如木刻寫樣的方便。木刻，本身就有藝術價值，格式又可自由；當然，我並不主張用木刻來刻報紙，來刻數量大的圖書，但我也不承認這種手藝是已落了伍的。刻書自有它的好處，這是不容否認的。

（50-03-25）

雨花臺種樹

我有兩年沒到雨花臺去了，雨花臺的確夠蕭條的了。「梅岡」那兩道石門早已毀掉，方孝儒祠，節孝祠，和在「木末亭」遺址後建的那個「方亭」都沒有了。只有「古高座寺」重修了一下，去年曾請我題那寺額去刻石的。以前湯山賣的雨花石子也看不見了。明代所修的《雨花臺志》（也許有兩種），我雖然沒有能看到，在那時雨花臺的熱鬧，我從明人別集中卻可以想見的。我在二十歲左右，常常上臺去看夕照，像《儒林外史》中所寫的幾個賣柴人。我對雨花臺是那麼熟悉，現在又這麼生疏！雨花臺在近百年成了用兵之地，三十年來又是刑場，所以變成今天這樣蕭條的，不是沒有原因。據南京市人民政府的估計，革命烈士犧牲於此的有二十六萬人，已將烈士陵定在雨花臺，要種上二十六萬株樹。擇定三月十九日，動員各機關、部隊、團體學校人員在此種樹，計共有黑松、側柏、楓香、三角楓、麻櫟、毛白揚、榆、桑、合歡、刺槐、黃檀、黃連木等幾十種。借第二泉做聯絡站，滿山遍野的，在歌聲中，扛著鋤頭，敲著鑼鼓，完成了這任務。這是雨花臺多年未有的盛況。我的二弟東野，侄女儉，父女倆都參加在這行列隊裏。這季節在舊日是在雨花臺放風箏的時候，而他（她）們趁著沉陰不雨，風也不大，水份容易蒸發，苗木易於成活的機會，來種樹，這是再好也沒有的事了。

（50-03-26）

秤書記

我得了一個好消息：在水西門舊紙鋪裏居然可以容你選擇；普通是一千八百元一斤，你選擇的照二千元一斤計算。我知道這其中一定有好書的，因此約了馬君同往。剛巧有客幫來辦貨，秤了四五百斤，捆載而去。我朝它望了一望，都是很整齊的，線都沒有斷的，也許是什麼叢書之類的書。鋪主照應他們去後，才注意到我們，馬君說：「我們是要選的，無論如何都買你的，照二千計算就是。」他點點頭，我們也就動手，打開了一捆，我發現一部完全不缺的《金山志》，還有《續志》；在第二捆又得到一部《焦山志》，還有《京口山水志》四冊。我心裏正在詫異：「那裏這多關於鎮江的書！」忽然在別的一捆中看到一本明刊的《鎮江府志》，可惜只有一本。「好多的志書啊！」我心裏又在喊了。什麼《鳳陽府志》、《淮安府志》，都是些殘本，鋪主向我說：「這紙多麼雪白，比洋紙都好，你看便宜不便宜？」打到第七捆，我又選了《廣陵通典》等等。馬君選了王定安《湘軍記》和一些稿本、鈔本。天色漸黑了，鋪主為我的選書一秤是八斤，馬君的是六斤半。當時付了錢，馬君提著兩小捆送我回來，並替我一數，共計三十四本。聽說這鋪主兩三天上一次貨，我們又打算上菜市似的再去秤它一次。

（50-03-27）

談八股

八股文有四五百年的歷史。它綜合許多種技巧構成這獨特的形式，單就形式來講，也不妨從事研究的了。我曾在前中央大學開過「四書文」一學程，預料選修的人不一定會多，後來居然開班，不過選者多誤認這課是講四書的文章，不知道四書文就是八股文，也許，用八股文的名稱，一個選的也不會有了。十幾年前，我編寫過一本小冊子叫《八股文小史》，由商務印書館出版的，我認為八股文這體裁是從「套數曲」演變出來的，「破題」、「承題」，與「引子」相當；「起講」以下「前比」、「中比」、「後比」就彷彿「過曲」、「慢曲」，「落下」自然等於「尾聲」了。尤其「代聖人立言」這「代言」和「雜劇」、「傳奇」代戲中人說話是一樣的。名為八股，其實作八股的時候很少，倒不如作六股的風氣長。大家平空地白費心力在這圈子裏繞，誠然是值不得的！但說起這種文體來，可以說集玩弄文字把戲之大成，你能說它毫無足觀嗎？不過我看明代成、弘、正、嘉間那些大家的文章遠不如唐六如以「西廂」為題的遊戲八股，甚至於清代尤侗那些諧作，和民國初年樊樊山的作品；都是滿有趣的，我們不管它內容如何；因為那些大家文字擺著「不二價」的臉孔，多少使我討厭的。太平天國考試，起初是不用八股的，太平四年以後，忽然也搞起這玩意兒來，如「皇矣上帝，神真無二也。」和褚維星的「東晉司馬之興也，南宋康王之渡也，」那也是八股的別派；在我那本小冊子裏所沒有提到的。

（50-03-28）

富而後工

很久沒有見到陳彥通先生了。昨天彥通偕他的門人石君訪我。他要約我同事彈詞的創作，因為書場正需要資料；我藏的傳奇相當多，大可以供選題之用。他偶然談起現代的文人與古人是不甚相同了，「窮而後工」的理論應該廢除，並且該改作「富而後工」。他一再提起這「富而後工」說，他去後，這句話卻被我記住了。不錯，我們從唯物史觀，任何人也離不開經濟條件，「窮」到生活都不能維持，那「文」怕就很難得「工」了。果真是「窮」，還須看窮到怎樣的地步？我想趙甌北的詩：「既想詩工又怕窮」，還沒見到深處。談技巧也好，談題材也好，根本不是窮人窮幹得成的。試問買書的有幾個窮人？現在要從事研究工作，就是資料的搜集，即非窮人所能勝任。從前有句笑話，笑那些風雅人，說銀子是「雅根」，沒有「雅根」就雅不起來了。這，很可與「富而後工」的道理相發明。不過，在無產階級領導政權的今天，對於學術風氣的培養，自有新的道路，不再像資本主義世界那樣子。所以「窮而後工」說，這種偏於唯心論的看法是過去了，而「富而後工」說，目前也是發生動搖了。只有一點，「富」字的解釋，如果作「生活豐富」來講，那「富而後工」仍然是不易的道理。

（50-03-29）

沐府的變遷

勤孟先生說，偽總統府所在，據他的考證並不是太平天國時的天王府。這不知道是從什麼地方考證出來的。為此，我曾費過一番工夫，當時我主持南京修志的事，接到很多信件，囑託我們查明這地址的來歷，於是翻過府縣誌，和一些私家的別集。像管同的《因寄軒文集》，在那篇〈繼園記〉中就說得很明白的：「國家既下江南，改黔寧王居為總督尚書之署。」原來這兩江總督署正是沐英的王府。《嘉慶修府志・卷十二》上說：「總督部院署，在府東北，沐府東門。」張德賢的《賊情彙纂・卷六》又講：「癸丑四月，偽天王洪秀全改兩江總督署為偽天朝宮殿，毀行宮及寺觀，取其磚石木植，自督署直至西華門一帶，所壞官廨民居不可勝記。」足見天王府還是用的此處，再毀再建，當然不見原有的規模了。清軍復城以後，曾國藩就任總督時，借水西門的一大會館為行轅，再修舊督署，後來還是搬回去的。我想，也許勤孟先生所聞，正因此而誤。《同治上江兩縣誌》有過記載，陳稻孫《鍾南淮北區域志》也提及的。民國後為「督軍署」，為「國民政府」，日軍佔領南京，為「維新政府」，一直作偽總統府，皆是由沐王府演變而來。在西花園中那個石舫，原先乾隆二次南巡，曾題過水軒為「不繫舟」，實在非舟，而現存的石舫是太平天國遺物，天王的遺體就埋在附近；曾國藩的得病也在這花園中，隨即抬進廳堂他就死了。

（50-03-30）

注：五十年四月二日《大報》刊有勤孟先生的〈謝冀野先生〉一文，算是對此文的一篇回應。

小唱

這不能不算是「奇書」。薄薄的一本，沒有題名，沒有首尾，從第一句「秦淮河水月牙邊」起，到「胡狀元題造了臚政牌樓」，大約有二三千字。每句通常是七字，也有九字十字的，每句下便是注，多半是一段故事插在這裏。內容完全講的南京名勝古跡，似乎文句是唱的，插白是說的。這部書是馬君的親戚韓君在三十多年前書塾中讀書的時候，一位熟人給他的。他轉送馬君，收藏到現在。有一次，馬君和我談起，我急著要看，他才送來。我斷定這是一本「小唱」，這「小唱」是南京名稱，和「順口溜」、「練子嘴」差不多，明代叫做「隨心令」。是用一胡琴，一綽板在街頭巷尾這樣唱的。此本雖無名，我想應該名「金陵景」，文字是雅俗共賞，所附故事又都是民間傳說，越看越有意思；我對馬君說：「這真是奇書。」於是他請我將它整理一下。我費了一天工夫，從頭抄寫一過，文句用大字，插句用小字。原來這寫手一定是個手藝人，別字很多，如：「人似玉」作「人似遇」，「張士誠」作「張士臣」之類。我不敢說這一定是「工人」的創作，但其為民間的作品是無疑的。我又補作了三句將它完了篇，希望南京的民間藝人能公開演唱它。因為裏面提到光緒初年的事，我認為是光緒中葉時人作的。現在如果演唱的話，只消稍稍的更動就可以了。

（50-03-31）

談「通」

南大有幾個舊日中文系的學生來看我，談起目前大學的文學課程，四年中劃分為兩段：第一二年專講五四以來的新文藝，第三四年再講詩古文詞曲這些舊文藝；認為搞新文藝的青年們不必在大學來讀，自修就可以了。前段修完，修到後段的學科，他們依然是格格不入的。問我有什麼意見。我說：「創作和研究是兩事。從創作來說，似乎不一定需要在大學來學習，誠如你們所說的。假使認為大學是研究的場所，那麼新和舊沒有什麼不可以溝通的！」因為講到這通字，我想到汪容甫來了。當日他是愛罵人不通的，有一位自認不通時，他又說：「你要再下二十年苦功才能算不通。」照汪容甫說來，做一個不通的人都如此費事，何況一個通人，更是難得了。似乎這通不通又成為今人的口頭禪。我始終認為古今可以相通，中外可以相通，新舊當然也是可以相通的。為什麼他們看著有鴻溝之界，認為難通呢？把課程截為兩段自然不是最合理想的，應當在四年中要血脈相通，只要觀念正確，工具齊全，有方法，有材料，一步一步地探討，談不到新舊的隔閡。不但無窒礙，而且四通八達的可以暢通的。在閱讀的能力這一點上看，我相信只要能看五四以來的文藝作品真正懂的話，五四以前的書籍（至少在漢魏以下）是可以看的。如果決心不讀五四以前的書，那和決心不談五四以後的出版物，是一樣的不足為訓的固執；惟有固執的人是不容易「通」的，越是「不通」，他也越是固執的。

（50-04-01）

俗字與簡筆字

記得劉半農寫過一本《宋元俗字譜》。在宋人話本，元人雜劇中俗字最多，這應該說是中國古代的簡筆字。例如娘兒們的「娘」字，第一步省成「外」字，再省為「卜」字，於是「卜兒」變成通行的稱呼。不過，好些人現在讀「卜」成「僕」，不知道它是「娘」字了。還有曲中的「么篇」，這「么」字據我朋友任二北說「這是袞字的省文」，麼篇就是袞遍；可是瞿安先生認為「么」是「上」，將上字寫成「么」了，「上篇」不是和「前調」「前腔」一樣的嗎？還有「只」字有的寫作「子」或「則」，那是「同音異寫」不屬於簡筆的。宋本平話中「無」作「无」，「龐」作「庞」，這種例子也很多；不過，「躲」寫作「軃」，算不得什麼簡筆的。在當時自然都是通行的了，然而累得我們後代人一番考證工夫，有的弄得「眾說紛紜，莫衷一是」；由於當日的「簡」生出今日的「繁」來，這也是值得顧慮的事。我看，俗字也好，簡筆也好，總得立下一個原則，你寫學習的習成為「习，」我寫羽翼的翼也是「习」究竟「习」是個什麼字？這不能不「劃一」一下。我對簡筆字是相當的贊成，但不贊成這樣「隨便」；尤其拚合字更要注意，現在寫帝國主義四個字為「啻」，有時寫成「帝口」，這是與「不啻」的「啻」最容易混淆的。為著簡筆或縮寫反而多出說明或作注的手續，豈不是不如寫卯金刀的劉，倒比蘇州九二碼子的「刘」省卻許多事也！

（50-04-02）

名說

明清人的文集中，很多「名說」這一類的文章。有人請他起個名字，他便說出起名的用意，這種文章便叫做「名說」。本來一個人有個名字只是符號罷了，但為什麼要起這兩個字或一個字？多少是有用意的。以前，大家庭有輩分固定用的一個字，在這輩分字上或下加它一個字，這便是「題名」。還有什麼「譜名」、「學名」、「考名」等等名目。每人生下來就有名，二十歲又有表字，有的自己還會改一個名字。考究這名字來，各時代又不大相同。我們從甲骨文上看，殷商人多是用干支題名的，什麼太癸、太甲皆是。漢以前的複名就很少，連《三國志》中的人名也是單字的多。六朝人有他們喜歡用的名字，與唐宋人不一樣，唐宋人又與明清人不一樣；元人對於起名字是大有限制的，在劉致《上高監司》套曲中可以看出當時的風氣。例如張得勝、李得標決不是秀才的名字；王秀貞、李慧蘭又決不是男子的名字；財呀，富呀，商人喜歡用這些；勇呀，彪呀，武人喜歡用這些。這裏面又可以表明階級性的，也可以說明性別的。清末革命黨人愛用魂呀仇呀這些字做名字，藝人又愛用花呀雲呀這些字做藝名的。大概起名的時候，父母取它以為紀念的最多，自己命名表示意念或願望的也多。早幾年取名「勝利」的不少，現在如取「解放」、「學習」為名，那皆屬於紀念意義的。我友王仲卿君近得一子，他說：「這是碰來的！」我用同音字「彭」，替這孩子取作名，並寫了一篇〈名說〉給他。

（50-04-03）

張忠仁的幽默

關廟的對聯最有名的一副是：「先武穆以神，大漢千古，大宋千古。繼文宣而聖，山東一人，山西一人。」那時是孔祥熙炙手可熱的時候，綜攬大政，但一切又聽從閫令。這一天，張仲老忽然對我念起關廟來，他說：「下面這八個字，掛在『行政院』去，是再妥當不過的！」我想了一想，笑著點點頭。他老又說：「可惜千古不掉，還是拿這一人來耍。」仲老雖然是七十以上的人，他非常敏感，聯想得很快；偶然發語，令人捧腹，這正是幽默，不是滑稽。他叫張伯苓做「張伯倫的老弟」，弄得張伯苓啼笑皆非。他早年在袁世凱幕府，遇到他們所不贊成的事，別人不敢開口的，他就「頑笑」出之。此老的幽默常常這樣含有政治性的，據旭初翁告訴我，仲老在家庭裏很嚴肅的，他那位乃弟一鵬雖然年紀不小了，還是畏懼這位哥哥的，有時打著牌看哥哥一到，連忙站起身來託人庖代。假若仲老留在上海，一鵬決不會參加偽組織的。想不到仲老這樣嘻嘻哈哈的，卻又這樣嚴正。那幾年我們同客重慶，我常找他談話。他老是捧著水煙袋，談起袁世凱的許多往事，非常起勁。他最熱心推行新文字，認為注音符號不夠進步。在這一點上，我們意見雖不一致，但我很佩服他的思想是前進的，不受他年紀的影響。所以我們也尊重他的見解，尤其愛慕他的風趣。

（50-04-04）

桃花詩

鄰家的桃樹已是著花了。經旬的霏霏細雨，心上悶得像雲層一樣的遮蓋著。今天忽然看到陽光，湛湛的天色分外的青，窗子也明亮了許多，偶然抬起頭來，望到桃花，添了無限喜悅。這一株桃樹，去年是結過實的，今年花不多，據說正是有結實的朕兆。我望了一望它，立即想起劉夢得的〈玄都觀〉那兩首詩：「紫陌紅塵拂面來，無人不道看花回。玄都觀裏桃千樹，儘是劉郎去後栽。」這首詩是他因坐王叔文黨貶到朗州（今湖南常德），召回到長安來作的。為著此詩，被人指為輕薄。前兩句是指奔競富貴而言，後兩句又擺老前輩架子，認為當朝那些無能的，皆時相所栽培。應該是元和十年所作，於是又有播州之貶。後十四年，再作這第二首：「百畝庭中半是苔，桃花淨盡菜花開。種桃道士歸何處？前度劉郎今又來。」第一句喻朝廷無人，前二句說那班人還不是都完了。後兩句大寫自己得意的神情。後來寫詩的人講到桃花總不免挖苦；這兩首詩照「溫柔敦厚」的標準說來，不算好詩。但看到桃花，我便想到它，劉夢得的絕句畢竟有他的好處。我不取它的譏諷，卻愛它的清新。西安我是去過的，玄都觀的遺跡，卻不知道在什麼地方？千樹桃花和這一株的光景，當然不會是一樣的。

（50-04-05）

絳子遺事

在明代末年，南京秦淮河上的名女人，一直被傳說著許多故事，我們現在看起來是沒有什麼意思的。不過，我從一向不為人注意的一個人，卻看出一個問題來。那人便是柳如是的妹妹絳子。她對於姐姐的嫁給錢牧齋是不滿意的。她始終在吳江垂虹亭住，變賣了她的金釧得一千多兩銀子，買了一座小園，居然整天念起佛經，不和任何人往來了。偶然出去遊玩，不是靈岩，便是支硎，在這幾座山中，布袍竹杖的，倒也逍遙自在。柳如是那樣迷戀滿頭白髮的錢牧齋，她是不解的；她只愛寂寞，不愛繁華。被一位嘉興的薛素素知道了，很羨慕她這生活。特地趕到吳江來訪她，一見之下，大為投機。相約不嫁男人，就這樣度過一生。她們到無錫遊了惠泉，順著長江西上，遊了廬山，一直進四川，去逛峨眉。誰知薛素素有些受不了，由峨眉就跑浙江，不久，她竟背盟還是嫁了人。絳子是不再回來了的，後來就死在四川。《板橋雜記》之類書從來不曾提過她，因為她有一本《雲鵑閣小集》，所以徐乃昌的小檀欒室還替她刊行的，柳如是多少次要她東歸，她不肯答應。「女大不嫁」本來沒有什麼不可以，素素的背盟也是人情中事，然而一定這樣「遺世獨立」，做成一個隔絕現實的人，她是不是病態的心理在作祟呢？

（50-04-06）

健康的笑

張友鸞兄所主辦的《南京人報》，最近又別開生面的創一種副刊，名「健康的笑」揭櫫的主旨是：「讀完一段笑話，或者一篇生動有趣的文字中，除掉笑了以後，還能啟發我們的進步思想。否則不知好歹，低級趣味，笑固然是笑了，但在無意之間，鬆弛了革命的情緒。」他們既要使人發笑，又要內容健康，這的確不是很容易的事。有一位朋友和我說：「真正好笑的怕就不是健康的，要注意健康的內容，那又沒什麼好笑；笑與健康豈可兼乎？吾寧取笑而捨健康的標準也！」此話雖然不能說他無理，但說笑話要顧及健康的內容，也不見得就做不到。不過，取材較仄，這刊物似難持久，儘管有讀者幫助它，這種笑料當然不會有一般性的笑話多。舊日那種笑話拿女性或勞動人民開玩笑，固然是屬於不健康的，然而有的並非出於惡意，還有講女婿的一定是三女婿是呆子，大二女婿就聰明；難道故意和三女婿為難嗎？也有說教書先生的，我看未必是指這職業，而重點定別有在，如近視眼，好吃之類。此外說鬍子，說胖子一些笑話，有的也不見得內容就不健康。因為材料是一事，技術又是一事，笑料雖然重要，還不如說笑話的技術更重要。我為他們提出了艾子，說一時代有一時代的艾子，今日的笑話範圍比舊日的廣，我想，他們會尋到若干新的題的。

（50-04-07）

鼓之國

最近小朋友們打腰鼓的興致很高，學校一下課，回家甚事都不做，鼕鼕鼕地就打起腰鼓來。大的腰鼓，小的腰鼓，形式差不多一致的，他們所見過的鼓除了和尚作法事用的一種，就是這横在腰上的鼓，別種鼓壓根兒就沒有看到過。我於是對他們說了一些鼓的故事。我認為鼓也是西域最發達，新疆就是鼓之國。在新疆歌舞中有一種叫做「那格銳加烏蘇」的，表演幾個女郎照鏡梳妝，每人面前就擺一面鼓。有木面的鼓，有土面的鼓，不一定是革製的鼓面。大的比大叢林裏那大鼓還要大，小的比貨郎兒用的搖鼓還要小。以我的推測，唐代的樂中鼓是占一個重要地位的，那繫著催花的羯鼓，或者鼗之類，未必儘是由西域傳來的，但西域的鼓底樣式比中土複雜，也許受過他們的影響。無怪到今天，還是新疆的鼓不簡單。元代睢景臣（即高祖還鄉曲的作者）的兒子玄明作過「詠鼓」的套數，我們從他文中可知當日的鼓的構造，與鼓藝的高明了。腰鼓在目前總算很流行的，雖然造腰鼓的也會翻奇出新，小的也用竹來做鼓身，然而還不夠膽大的，方形的，扁形的他們都不敢嘗試。其實方鼓扁鼓老早就有了。小朋友一聽方鼓扁鼓都笑了起來，以為鼓只是圓的。「方的鼓還打得響嗎？」他以懷疑的眼光望著我，鼕鼕鼕，手上又敲起來了。

（50-04-08）

寫刻之緩

有人問我刻書有什麼好處？前次已說過了一些，但它的缺點也是不容否認的，那便是一個緩字。當我將底稿交去時，第一步便是寫樣，這寫樣就不像尋常的抄寫，定了行款以後，就算是老手，每天也只能寫宋體字三四百字，一份稿足足要寫好多天，初校之後再改樣，改樣才能上板。講到板，從選料起要經過好幾道手續，才鋸成合用的板；塗了豆油，又要吹，再去貼樣。樣子雖然上板，不能馬上就刻；刻時要一對手，先是挑，把每個字的橫或豎都挑好，然後再剔。挑板時行和字都還不清楚呢。非要等剔板，把一行行一字字都剔好，這塊板板面是完了，還要鋸，還要修，這時刷樣，付二校；校過了再改，印小樣，然後三校。經過這一次的校，就可以印書了。不印紅樣書或藍樣書，手續自然可以減少，然而印書還是要講究墨，裁紙當然也要注意的；瞌印又不如飛印，最好五十張一印，多不過一百張，再多便傷板了。印好又須分份，齊欄，摺疊，切邊，打眼，以後便屬於訂書了。一切都是用手，比較精細些，在時間上可就延緩了。也許用機器一天完成的，用手倒費了半月。我那一部《天京錄》就是這樣在進行，現在還沒有完全上板，有的才開始挑，寥寥三卷，還不知個把月趕不趕回來，真是緩得連我都有些發急了！

（50-04-09）

花參潤肺

王仲卿君送了我幾斤花參，叫我用熱水燙它的皮，剝了以後，在文火上燉，像燉蓮子一樣。兩三月來，我照著這法子做，一天吃花參湯一小碗，的確，大有成效，我不再咳，不再常常嗆血了。平常我愛吃炒花參的。據說炒花參是動熱的，多吃會生痰。每年我到冬天，痰非常之多。由於血壓高，前年冬天，在痰裏帶血，後來一口口的血吐出來，我在上海紅十字醫院就診治過，沒有什麼顯著的效驗；再請中醫處方，吃了好幾帖藥，血還是沒止，經常的服維生素克，才由減少到完全不吐。又是冬天到了，我很擔心。這回反而吃花參吃出好處，使我沒有犯老毛病。我從來對於單方之類，是不大信任的；「花參潤肺」這句話，也不過聽人家隨便講。仲卿是為著「好吃」送我的，怕也不是以「藥物」見饋；然而不期然而然的治了我的病。再說花參這兩個字，我們叫做長生果，參是寫做「生」的。我看四川磁器是寫作參的，所以我就寫成參了。江南人只拿它作零食，不大弄菜的，別的地方用花參煨湯，或炒醬，倒是一樣很可口的菜。現在知道它不但可以做菜，而且還是藥。寫成花參，似乎與人參、西洋參、高麗參一樣高貴，不比「花生」看得令人寒傖。同是一個字，它給人的觀感竟這樣不相同的。

（50-04-10）

知已難得

我最怕的是：遇到一個和他並不熟悉的人，他對你念一句你的舊作，用他的高見來解釋你的意思。既不容你分辯，又不肯放棄他的高見。他硬要作你的知己，不管他是否是你的知己？這真令人有些吃不消！也許他只看過我講寫字的文章，他一定說你是「書論家」。也許他只看過你畫過一張畫，他一定認為你就是「畫家」。有一回，他看你和一個戲劇演員在一道走，他便判斷你是戲劇圈子中人物。又有一回，在一張什麼名單中被他發現了你的名字，那你更賴也賴不掉的，就是附隸於名單中那些人的。就算你是一條龍吧，他以一鱗一爪來看你，但他始終認為是你的知己！從前人說「知子莫若父」，以我看這句話在現在是靠不住的。當然未成年的兒子也許父親還可以「知」他；已成年的，當不在此例。換句話說，父親的一切也不定為子所知。因為父在童年，子還未出世，有些人在童年受了什麼教育，或別方面一些影響，又豈子所能瞭解！如此看來父子之間談不到「知己」的。再說朋友，在相交的期間，他是這樣的；也許後來又不這樣。可「知己」於一時，或非永久的「知己」。真正說起來，「有一知己」是不容易的。他雖然自認是我的「知己」，其實何嘗是「知己」呢？少年時渴求「知己」，如今只求自己知道自己，不求知己於人，更不敢妄附於別人的「知己」之列了。

（50-04-11）

記霹靂巖

我記得在瑞金換了汽車，便入了福建省境。這段汽車是用松根油燒的，翻山越嶺，到達長汀縣，長汀是一座小小山城，石板鋪的街道，兩旁小店賣酒的最多，我在那中南聯運社下榻。

離中南社不遠，有座公園，正是霹靂巖的所在。我一早往公園裏去散步，遇到舊日一位同學古君，他在長汀一個中學裏教書，對那裏情形很熟。他指著那赭色削壁下一個亭子說：「這裏就是瞿秋白的就義處。」我跟秋白生前並無交往，但他和我老友任二北是常州省立第五中學的同班同學，他們在同學時代很談得來，都會篆刻；二北對我常提到他。秋白死事，據當時報章的記載，他從獄裏提出來，坐在這亭上喝著酒，很從容的寫了一首絕命詩，放下筆笑了一笑，便催那執行者開槍，他這樣的慷慨的就死了。當我走近這亭時，過去的情形立即浮現在腦海裏。我對古君說：「我這次在桂林，往風洞山去弔瞿式耜，想不到在長汀又遇到一位姓瞿的殉難處，一前一後，恰巧都是姓瞿的。」古君說：「先生何不作一首詩弔他！」我說：「秋白的小詞填得很不錯，二北兄曾誦給我聽過，大有小晏風格，我還是寫一首詞罷。」說著，我們在霹靂巖下，又盤桓了半天。時間過得真快，這已是八年以前的事了。今天忽然接到古君的信，使我憶起舊日的情景來，那首詞並未作成，而霹靂巖還永存在我記憶裏。

（50-04-12）

記金雞嶺

在我這平淡的半生，總算沒有處過怎樣艱難的逆境，要說逆境，怕只有在金雞嶺被綁的一件事了。此事就發生在離開長汀的第二天，早晨七時開出的汽車，在九時到了連城縣境的金雞嶺，山路迂迴，剛巧汽車轉一個彎時，就有百把個武裝的人，擋住去路。當時並沒有看清楚多少人，只見有著軍裝的，有著便服短裝的，一人一條槍，把汽車給攔了下來，汽車頂上的箱籠早掀下車來，一捆一捆的給挑了走。車上的人，招呼下車；我剛跨出車門，便給兩個人抓住，先用繩將兩隻手背著捆了，這時所有的人都一聲不響，我剛要說話，又被他們禁止：「閉口！」從這兩字的聲音聽來，該不是本地的人。除了我，後來又選了兩男一女，都大綁起來，兩支槍服伺一個，逼迫走。上了另外一座山，不走山上原有的路，卻從荊棘中前進。翻了一座山，又上一座山，我漸漸覺得身上熱了，他給我脫了衣服，還是這樣走。實在穿著皮鞋走不動了，他們又給我脫了皮鞋。腳上已流了血，氣都喘不上來了，看看天已昏黑，到了一個彷彿小廟似的地方，我請求歇一會兒。有一個像首領的人，前來盤問我，當時我說：「我是新任的音樂專校的校長，我不知道你們為什麼要帶我走？」那人聽了，臉上變了色，問我：「你不是×××嗎？」我說：「我從來沒到過福建，怕你們認錯人了？」他又盤問我甚久，才明白確是弄錯了人。當他最後釋放我時，已是深夜，天都快亮了，後來才知道地名「黃勝地」，我已走下快一百里路了。

（50-04-13）

一團和氣

「一團和氣」不該算是一句不好的話。人與人之間，當然要和氣，這種和氣是要從心而發；表示謙讓，表示彬彬有禮，只要不是虛偽的。李松石所寫《鏡花緣》中的「君子國」，雖然彬彬有禮，未免謙讓得太過，我疑心那是假的，因為太不自然，太矯揉造作，太不近人情了。這樣的和氣，和氣得令人不敢領教。

也許，有人會以「一團和氣」作為他的手段，在他的和氣裏隱藏著些很不和氣的壞心眼兒，這和氣當然是假的。還有人為顧念著感情，應該申辯的不申辯，應該糾正的不糾正，他只一味的保持「一團和氣」，這樣和氣的人，於人無利，似乎也不能算是真的和氣。前者近於「笑裏藏刀」，後者也近於「內藏奸詐」，都是不忠實的、假的。這皆有待於改正的，我們不能曲解這「和」字，替假的和氣撐腰。那唾面自乾的婁師德，我始終不能信任他的。像他那樣面上的唾都不揩，為著顧全情面，怕傷和氣，這也算過份的維繫和氣了。真的和氣沒有什麼顧全的，也不要你來維繫；並不是純感情的。

不過，我們不能因和氣有真有假，連這一團和氣根本推翻，那也就是一種偏差。我們需要和氣，不獨人與人之間，人與物之間也是如此。尤其在爭取永久和平的今天，我們怎能說「一團和氣」是要不得呢？

（50-04-14）

嗜好的轉易

一個人的嗜好不是一天養成的。既有了這嗜好，也不是隨時可以戒除或改變的。這嗜字從口，我就以口之所嗜來講：我小時有兩樣不吃的東西，一是菠菜，當地人叫它做紅嘴綠鸚哥的；這是很有味道的，而我不吃。為什麼不吃？道理是說不出來，只是不吃就是了。後來我在一個沒有多種蔬菜的地方作客，每天除了白菜就是菠菜，你要不吃，只有吃白飯，逼迫著，嘗試這菠菜，居然覺得菠菜很可口，此後也就吃菠菜了。不但吃它，而且很愛吃它；這是我自己常常覺著奇怪的！我想嗜好是有轉易的。不過，還有一樣我不吃的是柿子，小時不吃，現在還不吃；在任何水果沒得吃時，柿子卻決不能引起我吃它的興趣。這裏卻又有特例，鮮的柿子我不吃，柿餅柿霜我倒是愛吃的。偶然我自己研究這些愛吃不吃的東西，所以愛吃和不吃的原因，也許，有的可以解釋，如柿子相傳性格是涼的，母親不准孩子們吃，於是由禁令養成了習慣，一直就不吃這柿子。但，不可以解釋的也不少。有些孩子在牌桌旁邊長大的，他自小就有了賭博的嗜好，可是因為他接近戲劇，他的戲癮就會比賭癮反而來得大。我們要細心的研究起來，這倒是很有興趣的一個問題。

（50-04-15）

偏見・成見

我相信一個人免不了會有偏見的，無論對於事務的處理，文字的寫作，或事態的觀察。這種偏見是從他的學力經驗中，產生出來的；有的也是由於感情。這偏見是隨時需要校正，需要改過的，免得便變成了謬見。一個文字認得不多的人，他常發表改造文字的意見；一個連《論語》都沒看過的人，他來批評孔子，或者發表他對於儒家的意見；有的連這人的生平還沒有摸清楚的，便要來批評他的思想和行動，以致於把別人的事也扯上了他；這都是不妥當的，因為你無所見，便有了偏見，這不算是偏見，只能說是謬見。而有時這謬見往往出於成見。我對這人有了成見，他一開口，便認為一定他說的是什麼話；他一舉手，一動足是什麼用意。不知道自家被成見蒙蔽了，反而不能觀察他清楚。有成見的人，遇事都有偏見，常懷偏見的人，亦必會有成見。早些年，有幾個朋友（在有成見的人看來，用朋友兩個字即是高攀），為著杜甫的夫人發生爭執，這個說她是胖子，從「清輝玉臂寒」這句詩可知。那個說她是瘦子，杜詩不是分明說「瘦妻面復光」嗎？他們所根據的證據皆很貧乏，沒有想到「玉臂」不足以證「胖」，而「瘦妻」固然可以說「瘦的妻」，但也可說「瘦了的妻」。當沒有充分的資料，沒有切實的瞭解，貿然下斷語的時候；怎能免於「偏見」？又怎會不是「成見」下的意見？

（50-04-16）

從柳芽想起柳花

清明那天，小孩子們從雨花臺踏青回來，折了好幾枝楊柳。我們江南風俗清明要戴柳的，把細柳結成一個柳圈給孩子們戴上，諺語有「清明不戴柳，死後變黃狗」的。同時妻在楊柳上摘了一些嫩的柳芽放在嘴裏，我忽然想起邊塞上的紅柳和柳花來。在迪化城外，有個紅山嘴，當地是叫做烏拉拜的，對面便是西塞公園，有幾株紅柳，因為我們從來不曾看過，所以不認識它。但柳花是那兒出產，通常是代替茶葉的，據說性格甚好，運銷出來成為名藥，在迪化喝柳花的茶，也是說清涼沁胃的，茶色頗像龍井。我在《西域詞紀》中曾有一首〈天淨沙〉說的它：「柳花不比他花，卻似龍井春芽，綠色清香一把，羽仝應詫，茶經未載之茶。」我想：陸羽、盧仝怕都沒有看過的。如是旅迪期間並不愛喝，帶了少許回江南，送些給朋友，現在老早沒有了，也許因為喝不到了，我反覺得它的那種清香，很是不錯。同是楊柳，而玉門關外那一邊的紅柳，在別處就看不見。江南是叫柳絮為柳花的，這個柳花是吃不得的。「閒看兒童撲柳花」，似乎沒有甚麼好看，我又不如楊誠齋有這種閒情逸致了。

（50-04-17）

對癖

高述先生曾在本報談起「對對子」，使我想起幼年所受的家塾教育來。那時對對子是作文的基礎，第一步學「聯字」，第二步便學「對」。因為這是八股文時代的風氣，雖然，我們已不作八股文了，而對子依然要對。兩字對，三字對，練習到七字對。《聲律啟蒙》的那一套，給當時學童們的影響真不小。平對仄，數字對數字，顏色對顏色……都非常嚴格。我有一位朋友趙壽人先生，他簡直就有對癖，接到一張名片，他馬上就想此名對個什麼最好；看到一個街名，他馬上就想對個什麼地名最工。當他遊歷歐洲時，他到了「馬塞」，他就說：「這只有對牛津了。」弄得同行的人莫名其妙。有一次，他去看病，聽醫生在那兒說「神經」，他忽然聯想到「鬼子」，他自己笑起來了。他小時所受的教育和我相似，因此幾十年他都丟不下這對癖。有一回，我在宴會上，左手坐了一位「聞亦有」，右邊是音樂家「應尚能」，我也犯了趙先生的那毛病，看著兩位笑了。座客驚問，我說：「他們倆姓名正是一對。」近來青年朋友比我們進步了，不會再有這樣可笑的事。我的孩子只知道生瘡對開刀，或者對動手術。高述贊成那「平仄縱不問，而對仗則仍保持」，這在元人的「扇面對」就有這樣的。當然三個字對五個字，或根本不對仗的，那還是叫它做「兩條孤立的標語」，來得恰當一些。

（50-04-18）

曾國藩奏稿中的李臣典

在舊書堆裏檢得一本曾國藩的奏稿，只是一本，有第二十四、二十五兩卷。偶然翻到第二十五卷中同治三年七月二十二日的〈李臣典病故請恤摺〉，有幾件事與我上次記李曉暾家世的一則，有出入的。一是封子爵，是在病故以前封的，並非死後封男爵。當時的諭旨是「記名提督李臣典於槍炮叢中，搶挖地道，誓死滅賊，從倒口首先衝入，眾軍隨之，因而得手，實屬謀勇過人，著加恩錫封一等子爵，並賞穿黃馬褂，賞戴雙眼花翎，欽此。」他在攻天京時，是實授河南歸德鎮總兵。一是他的死因，我前說是據南京父老相傳如此。而曾摺中說：「六月十五日在地洞口受傷，十六日克復金陵城池，十七日因傷增病，醫治無效，二十日舁回雨花臺營次。醫者謂傷及腰穴，氣脈阻滯，不久恐變喘症，加以冒暑過勞，難期痊可。二十三日，國荃往省視，李臣典不肯服藥，自云此次萬無生理。」摺中的話未必可信，然而七月初二，他就死了，說是百日癆，似乎也不對。還有一件，摺中說到「其胞弟李臣榮李臣章料理後事，即日將歸原籍擇立繼嗣。」足見李臣典雖然活了二十七歲，尚無子嗣，曉暾的父親是他嗣子，並非生子，襲爵是不成問題的。奏稿這兩卷都是關於克復金陵前後的摺片，對我大有用處；即以有關李臣典的幾點材料說，也值得寫下來的。

（50-04-19）

京滬車中詩

九日的深夜，我在下關車站搭上京滬通車第十二次車。坐定，我即解衣就寢，在枕上聽汽笛聲，知正在渡江；因為久沒有晏睡，很感覺疲乏，迷迷糊糊地就入夢了。醒來已過蚌埠，在晨曦中看工人弟兄們在趕修淮河大橋，工作十分緊張，這時我倚枕瞻望，意頗蕭閒；帶著慚愧的心情，寫下一首詩：「運斧揮斤萬手勞，一心祇在復河橋。清晨淮上推窗望，自愧閒情託北招。」

起來進午餐時，正抵達徐州車站，我在河大教書的那幾年，總是在此換車，這一回經過，我幾乎認不得它了，只有雲龍山似乎還認識，我又寫道：「雲龍遠樹望中收，席帽行口感舊遊；一十九年揮指過，迎眉山色認徐州。」在五時左右到泰安，我下車來散步一回，想到三次過此，泰山始終不曾上去，只是「望嶽」，我開玩笑地向同行的王裔孝君念道：「平生未敢小天下，三過依然望岱宗。山下東風供暖服，碧桃幾樹夕陽紅。」還沒有到濟南的時候天色全黑了。抵站以後，雖然望濟南在燈火叢中，然而千佛山一帶都是黑的。我想：明天一早要到天津，起身定早，不如早睡；在八時多我又解衣安置了，因為決心睡覺，連詩也懶得再寫了。十日雖然一整天在車中，倒沒感到一絲兒疲乏。

（50-04-20）

勞動下的三海

誠如趙斐雲（萬里）兄所說：「現在這個北京是幾十年來所沒有的，只要一大早上看到滿街上學的兒童，上班的工作人員，和工人弟兄成群結隊的進廠；的確，北京是在勞動中甦醒了。」我在二十一年春天，到過這兒，算起來已十八九年沒來了。當我到了前門車站，看街道、樹木、房舍一切都在朝陽裏，恬適靜穆，使我非常快慰：「畢竟人民的首都是這樣莊嚴偉大的！」尤其在經過天安門，這裏現在闢為廣場了，前面那許多樹木都已砍伐掉，三十萬人的群眾大會在此舉行是綽有餘裕的。中南海的水已放了，目前只有在西長安街還望到一些沒放盡的水；已發動了不少解放軍同志在挑泥，在疏浚。午後三時，我在邵力子先生處知道振鐸的夫人也住在北京飯店，我便去看她；和振鐸又通電話，他邀我到團城去，看到北海公園也放了水，挑泥挑得更起勁；我立在金鰲玉蝀橋上，望北海像一片田疇了，泥土高得和馬路快平了；要不及早疏的話，恐怕它也要步什剎海的後塵。振鐸為我邀了斐雲，我們在文物局談了很久。據他們說起，這次三海的挖挑工程浩大，至於費用總算賣掉三海的魚還足夠抵，在預定計劃中完成這工作，當然是值得欽佩的。我也算趕得很巧，來看到勞動下的三海，這正是千年難遇之事呢。

（50-04-21）

海會殿之劫

四弟星野，在春假期間到大同去看古代建築，他知道我北來，所以趕快的回到了北京。十一日下午，他陪我到團城文物局去看振鐸，談起他此次大同之行，雲岡石窟倒沒有什麼變動，只是城裏的那下華嚴寺的海會殿被拆了，這是中外聞名的遼代建築之一。原因是那兒現辦一小學，殿上有些漏水，小學教師們商量一下，便把這殿給拆掉，藉以擴充校址。大同在後晉天福初年，歸契丹，為遼金兩代的陪都，稱西京，有二百年歷史。華嚴寺在內城西南隅，東向，在明代才分為上下二寺。薄伽教藏殿和海會殿，以及善化寺大雄寶殿、普賢閣，都是遼時所建。遼代建築物保留到今天的就不多，這拆除是很可惜的！無怪振鐸聽到這消息又急又氣，把這局中的重要幹部都找來了，又請星野當場寫下一書面的報告，立向政務院提出，並打電報到大同去制止。我說：「制止是來不及了，看這情形還原更非易事，但為貫徹保存文物古跡的政策起見，是應該加緊的去查明真相！」斐雲從不遠的北京圖書館趕來，也加入談話。團城這地方本身就是勝跡，加上他滿房的圖書，和安陽掘出的俑人、罐，大小有好兩十件，玩賞玩賞，不覺已是黃昏了。回到祖家街寓所天已黑了，匆匆進了晚餐，去訪本報《西風殘照圖》作者張恨水兄，誰知道地點找到了，門牌也不錯，住的卻不是張姓，只得怏怏而歸。

（50-04-22）

三看

說是專為看花而來北京，似乎我也不是那種最閒的閒人。少說一點，此來也得有看朋友，看書，看風景三件事。在北京的朋友多是忙人，不能隨時看得到的；大概要事前約定，而我乘興而來，都不曾有約會的手續。可是無意中碰上也是有的，像我剛下火車就遇到許昂若兄；由於昂若就與李任潮先生約定了第二天上午九時見面。據昂若說：周恩來先生是在京最忙的一人，見面是常在夜間的；近幾天因會議關係更忙。十二日八時，我從平安里搭電車往王府井，一穿街就到西總布胡同。當我跨進那朱門小院時，一樹桃花正在盛開以後，侍者照呼我在小客廳坐下來，我細細玩賞那唐薇卿（景松），康南海和羅復庵近作的對聯，任潮先生也走進來了，我們還是在桂林見的面，已分別了七八年。他的鬚髮皆白了，臉色依然紅潤，似乎正要蓄下頦，手指著這一叢小鬍子；從亡友李仙根的身後談起，談到在京生活的近況，這時侍者來報告那位打針的大夫來了，我不便久留，「好在我還有時間來看先生的」，我說著便起來告辭。據振鐸說茅盾是可以隨時看到的，但這次我去，他恰巧剛離開文化部。訪沫若亦沒見到，只有分別再約時間了。看人固然非約不可，看書也得有計劃，有步驟；惟有暇日去看風景是完全由我，不必事先安排的。

（50-04-23）

北枝巢

我此次在北京所想看的書，有三處：一是亡友馬隅卿的不登大雅堂藏書，現歸沙灘北京大學圖書館，從前看過一部分，還有許多沒翻閱過，一是斐雲所藏的《鶴齋樂府》、《昔昔鹽》等，他約我星期日去。還有一處便是永光寺街夏蔚老的「金陵書庫」，他那書齋署名是「北枝巢」。當年我初遊北京，便在這兒下榻。他是我一位長親，不獨是同鄉；今年已七十七歲了，十多年不見面，顯得很衰老，又瘦又黑。早些時，他給我所編輯的《金陵曲鈔》作序，有「始則忍饑讀書，終乃抱書易米」的話，我知道他近況一定甚窘。這「北枝巢」的門庭雖如故，可是久不修繕，已十分陳舊，而且劈租了一半。他老住在上院，從前是很講究的客廳，現在放著一張籐椅，一几一案，案上還堆著些書。他告訴我，早些日子秤了三百斤書出去，換二十九萬元；因為手邊沒有二十四史，於是又花了十三萬元買一部有光紙印的。他那「金陵文庫」四大箱卻不曾動。有汪梅村的日記，《董效增集》等，皆極珍貴之品。他看到我非常的高興。說：「我在四十以後準備繼承鄉先生陳可園老人的遺業，然而自從南歸計阻，無此心情；現在待盡之年，精力已盡，所幸付託有人，家鄉文獻存續的責任，在你肩上了！」說得我不勝惶愧。又談舊作《玄武湖志》的藝文一目缺漏太多，如張曲江的詩都沒收，還有錯誤的，如認曲阿後湖為玄武湖等，均已不及改正。談了兩小時，他希望我多去兩次，讓他把書先整理好，再給我看。說著他也取了手杖，陪著我往江蘇會館去了。

（50-04-24）

京市交通

北京解放雖然才一年多，可是已築了兩段路：一是南溝沿，即橫在天安門前面的；一從宣武門到廣安門（即彰儀門）。後者修得尤其平坦整齊，我打北半截胡同走出來，閒步在這條道上。往來的是紅色公共汽車，就是由南京搬來的。我走過菜市口，這前清出名的刑場，和南京的笪橋市一樣，譚嗣同、袁昶、林旭，都是在此處就義的，不過現在已看不出一點痕跡來了。在王麻子老店門前上公共汽車，到西單牌樓，換「環行路」電車，這一路也是最新開創的；目前的電車已連接起東城和西城的路線。我看到「中華人民共和國成立紀念號」和「中蘇友好號」，這許多名稱。北京的三輪也與寧滬不同，車形很有些像戲臺上諸葛孔明坐的獨輪車，全是單人坐的，沒有雙人坐的，走起來很快；電車的價格比較便宜得多了，所以我愛替換著坐；完全坐三輪也感覺得不舒服。我因為有過去的經驗，所以帶了太陽鏡來，京塵十丈，這路上的風沙總有些吃不消的。太太們面上的紗巾早披上了。每次出去回來，黑皮鞋罩上一層灰白色這倒不談，只是滿鼻孔滿耳朵的沙，好似泥人一般，這是美中不足的（當然坐在電車的車廂裏，又比三輪強得多）。

（50-04-25）

新北京的舊人物

我在宣南北半截胡同江蘇會館裏，看見館役老王頭上拖著一根辮子，覺得非常怪異的。據枝巢老人說：「他是江寧郡館那王長發的兒子，就是不肯剪辮子；你要逼著他剪，他就說你妨礙他人身自由，這理由倒也是光明正大的。」我看他不過六十歲左右的年紀，這三十九年來還一定要保留下尾巴似的小辮兒，真是非我所能理解的。恐怕除了北京，不容易在別處發現了。只有在無所不包的北京人海裏，才會看得到。總算是嶄新的北京底陳舊的人物。我又在南池子遇到一家辦喜事，前面的儀仗、樂隊，都穿著紅繡衣，頭上還帶戴著紅纓帽。當然新娘子還坐花轎，在花轎後卻跟著一輛汽車，車上也結彩紮花，大有「集古今中外之大成」的意味。今天早上，我在西四牌樓一帶溜躂，忽又見有出喪的，現在是用大卡車了，靈柩放在車上，有繡花的材罩，圍坐著上十個的綠衣人，這綠色衣裳也是繡貨；想來一定是扛棺的人，他們居然仍穿一身極古老的制服。最有趣的是，街口有好幾位著人民裝的年輕人，張著很大的眼睛望它。的確，在這一對比下，不止是一二百年的距離呢。北京是新了，而舊古董正復不少；這些服色似乎該改正過來的。有的不妨讓它存在，如故宮博物院的器物，北京圖書館的書籍，是民族文化的遺產，應該妥善的保存了。

（50-04-26）

沙灘行

沙灘，北京大學的紅樓還是那樣子。我從松公府夾道進去，先往圖書館，訪問覺民館長，他去上課了，我將斐雲名片，又找到耿秘書。他領我走到書庫門口，我在題名冊上簽了名，我指定看隅卿的遺書，順著鋼梯走上了三層，在右首最深處，有橫牌標明著「馬氏書」的，靠牆的一排，除兩架戲曲書外，其餘皆是舊小說。我大略翻了一翻，有不少沒見過的本子。耿秘書說：「善本還在第四層呢！」我又跟著上去，果然，這第四層正是善本室。隅卿的書被選入的，不過百把部，如《博山堂北曲譜》，和我寤寐求之的天一閣寫本湯式《筆花集》都看到了。北大雖經南遷，在昆明加入「西南聯大」，圖書一再遷徙，不但沒有損耗；而且在淪陷期間大有增益，如德化李氏鹿各嘉館的收藏，全部收購了。這是值得羨慕的，可惜時間所限，不能一一寓目。我要求傳鈔，並打算多來幾次。耿秘書又說：「這樓太嚴密，溫度過高，放善本並不頂妥當的。」三層的書有些已提出來製布套，這布套的價格，現在是很貴的了。我出了圖書館去訪北大校委會主席湯錫予先生，匆匆一見，不及詳談。沙灘的老友，如楊振聲、許德珩、魏建功，他們有的在上課，有的不在校，只好改日再來了。所幸今天風還不大，另一約會是在西交民巷，不過十來分鐘，駕著三輪也就趕到了。

（50-04-27）

花參煮法——答讀者之問

〈花參潤肺〉一文在四月十日本報發表後，承好幾位讀者賜函詢問煮法，尤其是胡永祚君所提七題，諮探最詳：那時筆者還羈留北京，本刊編者將函轉來，遲到今天我才作答，十分抱歉。①我服花參湯相當見效，痰中血已是不見了，不過，同時我還服維他命克的，能斷根與否，我不敢說。②這花參湯是用新的生花參煮，當然連花參肉一道吃，就像吃蓮子湯一樣。③這花參湯中我是加了一些糖吃的。④我每天在臨睡前吃它，大概是晚間十時左右。⑤服花參湯後，並不影響平日的飯量。⑥排泄如常。不但如此，似乎還有利便的功效。⑦不須忌食。⑧尖頭不需要摘。據有些人談這尖頭最富營養的。⑨如用它作菜，未嘗不可，不過加鹽在裏面，所得效果是否相同？我未便妄測。⑩花參的油很多，在湯煮成時，可以看一層油飄在湯上的。我寫它時，並非有意介紹「丹方」，只將這偶然的事寫下來而已。也許，我服它如此，別人服它就不如此。這和吃松子仁平血壓一樣，有的越吃反而越胖了，最好各人自己試一試再說。行李甫卸，未能一一作覆，還是在此處作一總答。上列十項，似已將諸君所提的包羅無遺了。草率乞恕。（寄自南京）

（50-04-28）

頤和園春色

有一年作頤和園之遊，記得也是春天，不過清明早過了，離著上巳還隔四日。這一天，我又偕裔孝重遊舊地，到達萬壽山，已是十點鐘，每人買一張二千元的門票，走進仁壽門，仍然要另買一張票（一千元），這一張是專為遊覽仁壽殿、玉瀾堂、樂壽堂、排雲殿四處的。仁壽殿旁的牡丹台，牡丹雖然尚未放，但含苞已飽，春意甚濃了。我們逛了耶律楚材墓，再向玉瀾堂前進，相傳為著戊戌政變，那拉后將載湉幽禁在這兒，砌上一道牆，不准他和外界通消息。我們看罷樂壽堂所陳列的器物以後，便走入長廊，這裏廊外的桃花開得正盛，於是在對鷗舫坐下來，買本湖的鯽魚一尾，準備午餐；裔孝說：「此地不可無詩。」我一邊和他談那拉后用一筆建海軍的經費來修這園，一邊我就寫著一首七言律詩：「事去宮湖俊到今，昆明相對蕩沉吟。寧教水戰疆□□，何待玉瀾春殿深。往復百年猶一轍，江山沉鎖枉千尋。其蘇終負蒼生望，獨為頤和費此心！」可惜烹調太差，孤負了那條魚；飯後，去排雲殿，再順長廊走進寄瀾堂，看那石船「清晏舫」。從此處上了昆明湖裏的一隻船，渡過南湖，由浮翠閣登岸，經過十七孔橋，有許多跨在那銅牛的背上，怡然自得。由湖濱穿文昌閣，知春亭，又回到了仁壽殿。我忽然想到德和園那戲臺，急引裔孝又到頤樂殿。這戲臺是三層，第一層有「慶演昌辰」匾，第二層有「承平豫慶」匾，第三層這匾是「驩臚榮曝」，上有慈禧御筆璽，又有一聯云：「山水協清音，龍會八風，鳳調九奏。」「宮商諧法曲，象德流韻，燕樂養和。」我們在臺上盤桓了一會，才繞出仁壽門，這時來遊者仍蜂擁而至，大家要趁這沉陰天氣一望頤和園的春色。

（50-04-29）

天橋之暮

天橋真是個人民大集會的場所，它的氣魄是南京的夫子廟、上海的城隍廟所不能及的。兩廟的面目屢變，而天橋依然如故。賣陳衣的一件一件地亮，一邊在唱；我看那些旗式的女衣，窄袖的男長衫，陳列得不少。命相館招牌雖在，大約不會有生意的，也許代人寫信還有幾筆交易。這裏的混混兒不會多了，可是來溜躂的人依然踴躍。我數了一下，影劇院就有中華、天樂、新民、中樂四家，中華在演《三人行》，新民是放映影片後加雜耍，專演雜耍的有永樂茶園，京戲有一家小小茶園，而評劇望上去最熱鬧，什麼新鳳霞、吳佩霞都以時代藝人的名義大事宣傳，各有一座紮彩牌坊。我想：過去多少成名的藝人都出身於天橋，而後來諱言此事。現在若在天橋演奏成功才算最光榮的，才算是真正的人民藝人。我們是乘輿由西直門搭電車而來，從起點到終點。到天橋已近黃昏了。時間匆促，百景紛陳，頗像在山陰道上，有應接不暇之勢。我望著小吃的擔子，一種又一種，總想停下來嘗試它一下，而裔孝以衛生為言，說得我只有閉嘴，不敢再饞了。我們把天橋繞著好幾個圈子，天色也黑了，依然空著兩手，餓著肚子走進正陽門來。天橋，在北京過去這著名的下流底去處，今日說來自有它的光輝，我有重來巡禮的機會也是很覺得榮幸的事。

（50-04-30）

處女齒

早上七時和黃任老相約，在十一時我便在這輕工業部會面了。一年多沒見，他意外的發胖了。我聽說他忙著看牙齒，一見到，我就問他：「怎麼牙齒生了毛病？」他笑指著嘴：「請你看這還是處女齒呢！」原來他是新配的牙齒。他告訴我日常的生活規則：「每天七時要起身，八時一定上班（政務院和輕工業部一星期每處辦公三天），中午回去，你知道我是需要午睡的，一時再出來，如有會，常常開到夜裏。政務會議有時自下午三時開起，開到第二天上午四時。決沒有人缺席或逃席的。」我說：「你老是七十以外的人了，你們都這樣的熬得住，我只有佩服！」他極關心江蘇的情形，要我詳盡的說，他拍一拍胸脯說：「我保證，你多多的將民間的實情講明，不但我要聽，老朋友們都要聽，你說好了。」又說到有一次毛潤之先生在會上講：「有人說我們勝利了，我們是為人民而革命的，難道能使人民增加痛苦嗎？現在我們自己正要反省。」我說：「在國統時代，下情不能上達，現在能充實瞭解民間的情況，這是需要的。只要老朋友叫我說，我所知道的是可以說的。」他笑了，笑得顯露出那處女齒來。承他好意，關心我的生活與健康，希望我多在北京住些日子，我說：「看罷！我還沒有考慮歸期呢。」說著我也告辭了，約定三日後再見，這時已十二時半，他還有公事待辦。我對於任老的「老當益壯」，是不勝嚮往的。

（50-05-01）

桑南的話

我所住的院子，進門是一口井，這倒不頂可怪；最可怪的是院中的一棵桑樹。這桑樹差不多已可合圍，樹身有一丈來高，全院只是這一棵樹。在這間屋子的南邊，恰對著窗子。若是由大門轉灣過來，它是在西邊，望過去就是西直門了。太陽落山的時候，紅映半樹，我最愛在這時間閒步院中。看門的老人對我說：「這樹怕只有百多年，您若出了西直門，那兒桑樹比這老的多著呢，又高又大，比它好看；難道南邊就沒有這老桑樹嗎？」我笑說：「為這樹，我辨認了好兩天，今兒才知道是桑樹。我只曉得橘子會逾淮化枳，還沒曉得南方那矮桑樹到了北邊成了大個子！」說起來一百年也不算短了，尤其最近這一百年，中國變得真可以，經這位桑兄的老眼看得也夠瞧了！而它依然挺立，依然隨著時代生活著，這是值得我們傾倒的。我無事坐在窗口，仰望著它，雖然人樹之間，不能通話，我卻意會到它一定有豐富的經歷，不說遠的，就拿胡同口這端王府來說，端王與那拉后的一段公案，是這桑樹成年以後才發生的事。它看著端王的兒子大阿哥入宮，又看他被斥，以及這王府的沒落與焚燬，它又看著王府遺址上改建大學，在它蔭蔽之下，盡是些教授和他們的眷屬，它也看著他們在忙著學習新知識。雖然，誰也不會請教它，然而誰走它旁邊過時，卻要向它望一望。桑如是有情之物，對於它自己所經眼的事和人又作何感想呢？舊說「滄海桑田」，提起桑樹就會聯想到「變」。這不過是一棵桑樹而已，但它所閱之變亦已多矣。可惜它不會說，所幸也是它不會說。

（50-05-03）

冒雨遊故宮

事先決定十五日開始去逛故宮。料不到今天下起雨來了，等等也不停；只有討了兩輛三輪車前往。十五是逢單日，除中南路每天開放的，今天值東路開放。我們走進神武門時，雨點漸漸地大，奔入御花園，一口氣由坤寧宮、交泰殿，跑到乾清宮的正大光明殿。知道保和、中和、太和所謂三大殿就在前面，若是闖出去，再折回東路是不可能了。我提議先走東路，裔孝也跟著我從瓊苑東門退了出來，看絳雪軒太平花以後，逛鍾粹宮，景陽宮，只有在永和宮耽擱得最久，因為等十時半開鐘錶，其中有個「鳥音籠」最妙，機件開動，就有三隻小鳥次第的叫；還有一座象鐘也不錯，象的鼻和尾都會動，眼睛也淥淥地轉；這兒所陳列的鐘錶有好兩百件，大都是二百年前從海外採購的。後宮叫做同順齋，恰巧自本日起陳列一些機械人，規定是十一時開動，我們不再等著看了，又由延禧宮，繞到毓慶宮，走出前星門，經過那箭廳，在大雨滂沱中，既不張蓋，又無雨衣，兩人已似落湯雞了。轉入外東路，急上寧壽門，落了茶座，對著九龍壁，各吃一杯水，吸兩支紙煙，才走上乾隆作太上皇時所退居的皇極殿。殿後為寧壽宮，觀歷朝帝后像，慈禧有好多張照，隆裕后的彩畫像，和日本人所攝一張珍妃的像最惹人注意。養性殿是專放樂器的，樂壽堂又展覽各帝后的冠服，差不多費去了一小時才看完。雨越下越大了，時間已是下午一時多，不得不在看過珍妃井就從貞順門，再出神武門了。冒著大雨逛宮，花五小時還逛不到一半，只好回去；胡同已成了河，街上的電車都停開了，雨中的北京底景色是最無足觀的。

（50-05-04）

和尚的兒子

做和尚原來是「出家」的，既然需要「有家」，似乎就不必當和尚；因為這是宗教上的限制，本非社會上的限制。不過信仰佛教也有在家和出家兩種，與其勉強出家，不如光明正大的在家，與其當有名無實的和尚，不如當信仰自由的優婆塞。我來北京，聽到兩件關於和尚的新聞，一是「僧尼學習班」結業了，學員三十多位都將去生產了，其中有三位僧尼到西北銀行當會計，還有一位和尚參加第四野戰軍，又一位名智培的準備擔任稅務員。他說：「我在舊社會的殘餘包袱已經在批評與自我批評的武器下，消滅無餘。我希望同志們幫助我們進步。」另一件事更為社會所注意，那便是有幾個和尚公開他們的家庭關係。小拈花寺方丈海熙，武岳關帝廟方丈秀靈，和安化寺方丈廣權。他們實際上早已娶妻生子，但他們不敢聲張，恐砸了這佛門飯碗。目前他們的眷屬再不願意那樣糊糊塗塗的混下去了，尤其和尚的兒子們不肯做無名無姓的「黑人」，所以他們才正式向政府說明實情，要求登記，一切都算是合法的了。那秀靈的兒子已在高中讀書，他對父親要求公開家庭關係更出力，如秀靈再不公開；他便宣佈脫離父子關係了，現在他們既已公開，精神上皆極感到愉快。「和尚的兒子」這在從前是罵人的話，如今卻已是正式的身份了。

（50-05-05）

迺茲眼福

這兩天的雨，據老北京說：不獨是今年第一次的大雨，而且歷來春季所罕有的。斐雲頭一晚上，還來信約定十六這星期日在他家裏相會。雨是小些了，胡同口仍然淹著水，四弟到唐山去了，倜兒是要從通縣來看我，等到十點鐘，還是走出去，以三千元雇了輛三輪往東城迺茲胡同。斐雲的家就在這兒，我想：本名怕是「奶子」罷，換同音字便成了「迺茲」。當我走進他的書室，才坐定下來，王靜安先生公子仲聞兄也來了。斐雲為準備給我看的，主要有四部書：①至元刊本的《迴光和尚唱道》，他所有的是傳鈔本，原書在至德周氏處。這書不獨可補元曲，而且也可說是有關南京的文獻，承他好意答應讓我錄副南歸。這部書比永樂時所頒佛曲要活潑得多了。②《新刻點板情詞昔昔鹽》，共五卷，兩鉅冊，是萬曆年間，古繁三花居士魏之皋的，據序作於丙午，在金陵客舍，也許原刻是金陵坊間的刊本，內容頗像《彩筆情辭》，因為近於黃色，我倒不大喜愛的。③《鶴庵樂府》，是正德本，出於當時的魯藩，斐雲說：「這部書我代抄一份送給你罷。」我起初打算借出的，只有再放下來，堅請他要如約。④夷門王慶瀾安之的《菱江集雜曲》四卷，道光刊本，因為外間少見，也很可寶貴。

斐雲備了午飯，我笑和仲聞說：「今天不獨眼福好，口福也好。」我們一直談到下午三時，才趕到寓所，知道倜兒來過了，已回了通縣。我燈下趕鈔這《迴光和尚唱道》，寫寫復寫寫，不覺夜之已深了。

（50-05-06）

恨水的病

磚塔胡同西口，張恨水兄的寓所畢竟給我找到了，然而已是十七日的早晨。他一見我，硬嚷道：「想不到，想不到你來了，你看我老得不成樣子！」我們是三十五年春間分手的，不過才別了四年。雖說他這一場病相當嚴重，但現況卻出我意外；居然我們在客廳裏坐談了半天，他還能安之若素。他對我敘述去年今日得病的情形：「那一天傍晚，就在這兒，教兩個小孩子讀書，覺得不舒服，而我不肯休息，還撐著繼續講下去；後來便支持不住了。我還自言自語的說：讓我走，我走！說著走過那邊沙發上躺下，立即失去了知覺。要不是請大夫來打了一針，也許就完事了！」他說到這裏，又問我：「老兄，你覺得我現在說話不正常吧？」我說：「還好，說得快的時候，有些上氣不接下氣的。」於是他接著說：「後來在中央醫院住了兩個月，醫生到現在還說我需要休養。那時我母親恰巧在原籍過世，還沒下葬。養息好些，我想回南京住下也好。」我望一望，這廳外的丁香花開得正好，我說：「這環境也還不錯，你安心休養為是。回南京的話，不必作早計。」他說：「友鸞他們的會也快開完了，我們那一天到公園去坐一坐。」雨後的北京，天氣自然涼一點，我也感覺在這驟變中，身體有些不適。我感喟著對他說：「我們年紀都不算老大，怎麼身體都有初衰之象？」他說：「我已五十六了，還能做些什麼呢？」我說：「南邊的老朋友們都很關懷你的病，以你的談笑行動看來，病已是大好了，我可轉告慰於他們；你仍不宜過勞，我留在北京，不時來看你！」他要到我處回訪，被我這樣婉言辭卻了。

（50-05-07）

小平妖堂

那一年我到甜水井去拜訪隅卿，是有意要看平妖堂藏的小說戲曲書籍。今天可是無意中的發現，原來彥祥新婚以後，移住來四觀音寺新民報總管理處。我為著和左笑鴻張友鸞把晤，知道他也住在裏面，順便去看他，並見到雲燕銘小姐，她彷彿與當年的白楊小姐很相像。他們住左邊三小間，我聽說彥祥新近購得沈寧庵的《桃符記》，我要看看，於是他領我們又到了一間書房，這書房本未題名，所藏除小說戲曲外，還有彈詞，鼓詞。戲曲中地方劇的腳本也很多，我對他說：「你這書房大可命名小平妖堂。」我向他架上的這一部《平妖傳》指了一指。彥祥本是叔平先生之子，過繼給隅卿的，他這裏也有隅卿的遺書底一部分。《桃符記》我看了以後，認為是影寫本，至於祖本何在？那就可不知了。他又把隅卿、振鐸、斐雲三人合鈔的天一閣藏《錄鬼薄》三卷石印本，慨然給我；因為我正在坊間尋覓未得。他現任戲曲改進局副局長，每月只得小米一千三百斤，所幸新夫人雲女士是以演員身份，可領小米二千斤，他們生活很簡樸，餘錢都換了書。恨水曾寫過《馬後桃花》，大約寫的是彥祥的事，所以彥祥殷殷的問詢他。恨水也是來看笑鴻友鸞的，都是偶然相遇，一齊進了我所稱這小平妖堂，翻了半天書，已是吃飯時候，彥祥夫婦因辦公時間所限，不能隨我們到東安市場。我在市場購得一個風花雲月錢，風字缺一筆，也許是清代仿明的贋品，照「平妖」的說法，它是可以辟邪的。

（50-05-08）

水中鹽與蘇造肉

我在雨窗燈下忙著抄書，忙得頭昏眼花。這《迴光和尚論道》的曲集，看來看去，覺得不錯。它分明是警世，勸世，而不採取教條主義；分明是弘揚佛教的，而故意指責許多佛教形式，和各種僧人。好比飲水，覺得有些鹹味，但看不見鹽。能加這鹽在水中，實際上改變了水的味，又毫不著形跡，在文學的技巧上講是有足取的。其中如〈詠十般乾打哄〉，差不多忘了它是「論道」的曲子了。我此次北來，觀摩了一些老朋友對於文學的新底教授法，他們大都從根本上觀點的改造入手，一個作品，先從作者所代表的階級意識講起，這當然很正確的。不過，必需標明出許多抽象辭彙來；使青年們感覺到「又是這個」，似乎不如水中鹽有潛默的力量！白覺明兄告訴我：「陳寅恪教授講『白居易詩』就是這樣，他雖不說明採用新觀點，或辯證法，然而又無不合，聽講者反極容易接受。這一點，是值得從事教學者學習的。」從前在北京有著名的「馬敘倫湯」，最近東安市場中有一種蘇造肉，我聽去以為蘇造是人名，笑對笑鴻說：「東坡的兒子不是蘇過嗎！他們的名字都是從辶，蘇造這名字很像蘇過的弟兄。」笑鴻說：「非也。這裏的店主姓蘇，舊日是個名廚，他所創造的煮肉法，大家叫成「蘇造肉」了。在北京非常盛行，可稱價廉物美。我談水中鹽，忽然聯想到蘇造肉，想到就寫，並不像八股文的截搭題，勉強「釣渡」而湊合的，這不過將兩件事並在一篇而已。

（50-05-09）

稊園修禊

夏曆三月三，恰好是上巳，這天我又去看一次枝巢翁，他告訴我：北京現在僅存的一個「稊園詩社」，由關穎人作主人，在下午二時舉行禊集，要我跟他一道去。社中以汪仲虎（曾武）齒最尊，今年是八十六七歲了。有好幾位是我所認得的，柳亞子、章行嚴，黃任之諸先生皆曾以來賓資格參加。我於是在夏宅午飯，飯後一同往南池子官豆腐房二號去。三時，報到的約莫有二十來人，一一題名；並在一塊玻璃板下各選一張風景片，這畫片的反面，便是詩題；我拈得的「宋景祐間，會稽守修禊事，無以不成詩罰酒者。」原來所有詩題，皆有關上巳的故事；這是很別致的辦法，限七言絕句二首，不限韻。我拈的這題，是出於葛立之《新語陽秋》的，那時會稽太守是蔣堂，照永和故事再舉行修禊，居然各人有詩，不像蘭亭會上王獻之等十六人因不成詩罰酒三觥。所以他的詩道：「一派西園曲水聲，水邊終日會冠纓。幾多詩筆無停綴，不似高年有罰觥。」本來詩限一月內繳卷，我因不久就要南歸，只有草草寫出：「詩筆何曾謗永和，北來名士更無多。便教即席題箋滿，別有關懷不耐哦。」「罰觥豈必為高年，杖履逍遙曲水邊。詩到聖時無一字，何如覓醉向尊前！」這兩首都是屬於翻案的作法。

（50-05-10）

弗堂近事

北京德勝門有一座蓮花寺，因為貴築姚茫父住了多年，在此作畫作詩，因此遐邇皆知。寺中佛堂被姚翁改稱為「弗堂」，他的《弗堂類稿》是一部鉅製，我最愛他的「曲海一勺」。我在貴州時，曾為他編校過《菉漪曲定》。我們看他的著作，便會想到蓮華寺；可是我前次蒞京，就失了拜訪這位「殘臂」畫師的機會。如今他早作古人。這弗堂已是華北大學研究所的宿舍。老友胡肖堂（煥庸）、繆贊虞（鳳林）都在這裏學習。聽說去年冬天，贊虞由佛座下的木床跌了下來，把肋骨跌斷了。好容易醫治好，前幾天忽然突患腦充血，立時失去知覺；幸虧發覺得早，送他到人民醫院，現在似乎已脫離了危險期。想不到在殘臂翁舊居之地，我們這位「身大力不虧」的朋友，竟遭遇到這件事。又一位朋友說：蓮華寺旁邊便是火葬場，我們要抱劉伯倫的精神，「死便燒我」，豈非大快！我看，「視死如歸」固是美德，然而在建設新中國的目前，如此需才孔亟，要能「人盡其材」，我還是祝福贊虞早日恢復健康。不要繼殘臂之後，為弗堂留一故實才好。

（50-05-11）

小窩窩頭

在北方，誰不知道窩窩頭是大眾食物，它是小米麵做成的，一個幾乎有半斤重，賣給你不過三百元而已。但是往北海去逛，是若在道寧齋嘗試一下小窩窩頭，那就有不同的風味了。原來小窩窩頭只是模仿窩窩頭的樣式，它是栗子麵做成的，形體小到拇指般大，而價格五百元一個。此物名「仿膳」，就是說這本皇家的食品，據說在慈禧和載湉西狩回來以後才有的。推測它製成的原因，不外兩種：一是逃亡在道路時候，偶然吃過窩窩頭，覺得它的滋味不錯；事定回來，追想此物，叫御廚仿製。這時已認為是「承平」，當然用板栗粉來代替小米麵，分外的好吃了。還有是一種紀念的意義，以為出奔，跋涉，種種事實的紀念，故意的由小窩窩頭為慘痛的象徵。小窩窩頭雖名為窩窩頭，實在不是那回事！它冒充著大眾的形式與名稱，而與大眾仍然隔著很遠。只有高貴的閒人偶然想起「御膳」而來嘗試它，決不會以它來果腹的。它只算是「樣品」、「模型」而不是實物。

（50-05-12）

北海讀詩記

屢過北海公園的大門，可是一回都沒有進去，因為天朗氣清，軟紅不起，午飯以後，我獨自策杖而來。當然最使我興奮的是重見久別了的永安寺和那聳然特立的白塔，這還是元代的遺跡，著名的瓊華島。繞過那貯藏三希堂法帖刻石的閱古閣，又穿進長廊，這就是我所常懷念的漪瀾堂，這兒正對著五龍亭，目前挖泥的工作正在開展，站廊上朝西望，整個兒北海彷彿阡陌縱橫，無數的軍隊各自揮動一鍬一鏟，掘出滿籮滿筐的泥，挑來挑去的，這比一幅春耕圖還要美。我漸漸的走向前，走在他們中間，又發現堤邊豎立著許多「生產報」、「勞動報」、「黑板報」，上面有工作者自己寫的詩歌，例如「XX同志真能幹，挑了一擔又一擔，他絕不說疲倦的；我勸他歇一會兒，他說：幹完了早活再吃飯。」此外還有記功的文字，還有計算擔數的數字。不過詩歌寫得最多，可謂「勞者歌事」；又真實，又自然。我今天這樣逛了北海，實在是意外的收穫。從後門開進不少大卡車，又一車一車地運了泥去。據老北京說：「自從元代有北海以來，疏浚北海這還是第一回。誰也不肯幹的，這一回可實現了。」當我離開漪瀾堂，順著坡階，在他們的泥擔子隊中緩行，我未嘗不想寫兩句詩，然而看了他們自己的作品，我卻為之擱筆了。

（50-05-13）

訪郭記

旅京期間，我住在西四牌樓北，郭沫若先生住在四牌樓南，那地方名大院胡同！雖相居很近，卻還未見面。銘德為我約定了二十一日早晨，去拜會他。沫若正在揮毫，我候了許久，才在他那佈置得非常樸素的客廳中相晤，看去似乎比在重慶時蒼老了一些，穿著藍布棉袍，談話時還是用左手窩著耳朵。記得他五十壽辰，我們同在重慶，曾舉行過祝賀茶會，我曾贈給他一首北曲，他說：「今年是五十九。」光陰真過得快，距那時已是九年了。他問我：「你怕還沒有過五十罷？」我說：「我也快了！我的身體遠不如你們，去年血壓曾高至二百四五十。」他說：「我在香港時只有七十九，患血壓低，比你要低得多了。現在漸漸正常啦。不吃酒最好，連肉類，連鹽頂好都少吃，有些人試驗得很有成效的。」他本是學醫的，所以談到血壓治療，他像醫生般的關切。我告訴他：「我有個孩子也是學醫的，他給我常服瀉劑，倒也見效。」他道：「那頂好，你還是需要休養。」因為我談到健康恢復後，還想繼續執教。他笑說：「你倒樂此不疲的，我最怕教書。最近文藝也沒有時間來搞，為著科學院尤其管理行政工作，寫作的機會更少了。」我看一看這書房中玻璃櫥窗裏放著不少俑人，我想：他還是在搞考古的。我說：「這次北來匆匆，日內就打算南歸，以後多多通信罷。下次要來的話，再來奉訪。」恰巧郭夫人牽著個孩子進來說：「時間快到了！」他告訴我：「因為九時半有個會。」當下我也就告辭了。他送出來，還叮囑著說：「你的身體要保重，多多的保重。」我有從一位醫師的診所走出來的那種感覺。

（50-05-14）

笑劇會串

早幾天裔孝還在說：「假使一臺都是丑行，那演出來的戲將作何光景？」這不過隨便說說地。沒想到他才離開北京四日，我竟有機會看這樣一回戲。是四月二十日的夜戲。在華樂園現在叫做大眾劇場演出的。戲碼是這樣排的：李盛芳、曹世才的《打城隍》，翟韻奎、趙和春的《巧連環》，貫多才的《荷珠配》，貫盛吉的《送親演禮》，最後是蕭長華、馬富祿、小翠花的《絨花計》。我趕到前門外鮮魚口已八時半了，從《巧連環》看起，去時遷的身段，道白都很生動，從許多小動作上博得觀眾的哄笑！而賈多才的張萬，作風便大不相同，《荷珠配》的戲本，以前我沒看過，可是編得極緊湊，除那狀元父母形容太過火外，在技巧上我認為是中國極少有的笑劇，演出的效果也算不錯。至於貫氏去鄧九公的小妻陳氏，這情節似乎出於《兒女英雄傳》。一個樸厚的鄉下女人，對於都市中一切虛文客套完全隔膜，真個是「動輒得咎」，一言一動，教人笑得肚子疼，所幸劇情極短，不然要看得笑得吃不消了。在壓軸戲中，馬富祿的兒子馬幼祿也是演員之一，蕭氏以七十高年，扮最吃重的那位「大爺」；這晚的戲，只有他一個是要唱工的，馬氏以「八兒」相配，非常賣力。散場已是午夜，雖然只賣八成座，而哄堂大笑之聲不絕！我想起了白樂天的詩：「人世難逢開口笑」，像這樣的笑劇會串，最好能時常舉辦才好。

（50-05-15）

柳亞子近狀

我終於見到了柳亞子先生，地點是北京飯店的一樓，時間是照著規定會客時間下午二時去的。他正在午睡，由電話和柳夫人接洽，等我上樓，亞翁已起來了。據好些朋友說，他心緒不佳，我以為他一定很憔悴，見了面才覺得他反而豐腴多了。長髯本來就花白了，現在白得更多。我說：「聽說你住在頤和園，幾時搬進城的？」他用指頭計算著說：「十一月進城的，呀！已快半年了！在這半年多我是不動筆的，一個字都沒有寫，詩不談，連信都不寫！」我又問：「那你身體一定好多了？」他說：「不！不！不！你看看我還好嗎；不！不！我仍不見好！」亞翁告訴我，無忌夫婦在國外，大約兩年後才得歸國；亞翁也好久沒有接到他們的信了。他又告訴我：朱琴可還在桂林，他那愛人任婉琰，不幸夭折了。呂方子雖在北京，很少見面。他的口吃，聽去很能改進，談話中隨時可以自己禁制住的。恰巧有一位僑胞青年進來，請他寫信，他說：「最多簽一個名好了，我的確半年多不動筆了！」那青年坐了一會兒就告辭了。他極關心許多老友的近況，對於江南故鄉當然不免眷念的。我問他：「你打算幾時回南去看看呢；」他說：「一時未必有此機會。我是在北京開會開得最少的一個人，然而一星期還是有幾會的。」我怕他太勞神了，我說：「以後隨時通信罷。」他說：「好的，不過我不作答覆，你要見諒。」於是，我們又分手了。

（50-05-16）

活筋

北京的小孩子們，常常聚在一道跳繩。不！這不是繩；有一次我問了他們，才知道叫「活筋」；像斷了的橡皮圈，一根接一根，連接起來有五六尺光景，兩個孩子拉著，從腰際伸起，逐漸加高，到高在頭頂上為止，那一個跳的孩子，一面跳，還一面在唱，有些像「撐竿跳」，不過沒有竿，跳的方式也不同；我所說「像」者，因為一步一步地加高而已。跳活筋的姿勢，最好看的是在跳前用腳尖點一下地。每一個人跳到他不能跳過去時候，就換一個拉筋的下來，跳的去拉，拉的來跳，這樣輪番的在跳，我認為是一種極好的「兒童底遊戲」。不獨胡同裏，院落裏，隨時可以看到，就是小學校的門前，公開場所的隙地，隨處也可看到。嘴裏所唱的一隻歌，彷彿是一樣的；他們愛「活筋」過於「拾石子」，怕這音樂成份的關係最大。我問過朋友，他們說此一風氣始於近年，孩子們跳活筋不過才跳了幾年。他們也問我，難道南方還沒什麼嗎？我說：「正確的告訴你們：我是沒有見過；不敢說南方就沒有。不然，我不會這樣注意它的。」活筋的「活」字，他們讀與「猴」字音很近。我推測它這名稱，因為這筋的位置是活動的。決不會叫猴筋！我想記下它的歌詞來，可是孩子們沒這耐心來講給我聽。

（50-05-17）

還它那一代的面目

於分訪郭沫若、柳亞子二先生以後，又去拜訪一位多年相知而未見過面的老人。他是不願以姓名公佈的，所以我只稱他為老人。聽說他正閉著門譯書，我費了一個上午，特地去領教他。當我送進名片時，他還在照著鏡子剃鬍子樁。一面招呼我坐下來，等他整容完畢，他便在我對方也坐下；於是上天下地的談了起來。我認為今後小品文一定要盛行，因為大家忙著工作，不得有讀長篇文字的餘暇。老人正是小品文的高手，我要聽取他的高見。可是他的興趣不在此，他對我說的是：早些時蘇聯友人來北京要看中國古代的戲劇，招待他們的人給看崑劇，為著戲詞上封建意識太濃厚了，叫戲班子只演不唱，弄得老大哥們莫名其妙。翻譯將此意轉達他們，誰知他們大不以為然；說：我們以為古中國戲只作手勢身段，是不唱的呢！其實那戲詞應該照唱，那一代的戲應該還它那一代的面目！老人說至此處，認為現在從事戲劇改進工作的朋友們，對於此點是應當注意的！他又說：有人批判陶淵明的詩是站在地主階級說話的；如果用這標準來測度中國古代文學，恐怕中國文學當一無足取。最後，他送了一本自己鈔寫的明曲給我，說：這可以供你校補之用，在我處並無用場。我很高興的接受了他這名貴的贈與。他為了翻譯全部的《伊索寓言》，他已很久沒有工夫寫小品文了；在我向他辭別，臨出門時，老人堅持要送我到門外，我攔阻了他，我說：「不久，也許我還會北來的，再來看您罷。」

（50-05-18）

上林春

社稷壇那兒的中山公園，的確是北京最好的一個去處。我這回來北京已是半個月了，卻還不曾去過；友鸞約我和恨水在二十二日的下午，在上林春相見。二時，我就到了，在來今雨軒逛了一圈兒，向這邊走過來時，友鸞已到。在一顆柏樹下的藤座上坐了下來，他舉著茶葉包告訴我：「這是南邊新到的龍井，每兩隻五千元，比早幾天，小一倍了。」這時，海棠已盛開，白丁香紫丁香都要謝了。牡丹有的已含苞，芍藥還早哩。我又看了一會「猴子抽紙煙」，往社稷壇上面去了一趟。恨水穿著厚呢大衣才蹁蹁而來。他這兩天又有些不適，所以出門時很晚。我們要了一份「莞豆黃」，友鸞說南邊也有的，其實南方的豌豆糕完全不是這回事。在「公理戰勝碑」前那許多金魚缸夠我們細細玩賞的，有金色的魚，珍珠滿身的魚，紅眼睛的魚，最珍奇的是一抹藍的魚。穿那長廊，經過那些太湖石，這時夕陽在山，我們還捨不得散。茶葉換過三次，左笑鴻兄也來了，茶座的人都散了，友鸞在柏下還睏過一覺。我因為東城還有一約，我提議散會，可是大家繞來繞去，到出口時，已完全暮色。我始終認為北京的可留戀的地方是一種悠閒的情調。而在新社會中不容許這樣的，「偷得浮生半日閒」連我們來遊中山公園，來上林春喝茶，也只是「偷得」這「半日閒」而已。我在西直門外，兩過三貝子公園的大門而未入；友鸞倒去遊了一下。想來那是不會及中山公園這半日之遊的。

（50-05-19）

世間何物似江南

「世間何物似江南」，這是吳梅村的一句詩，我少時最愛念它。可是我在江南，不知江南之可愛；一到北方，便又想起江南來了。懷想江南的原因，第一是吃，這夏曆二三月裏，江南的蔬菜種類正多，尤其是菊葉、豆苗、馬蘭、枸杞、蘆蒿、茼蒿、楊花蘿蔔、茭兒菜之類；在北京就感覺到不足。第二還是吃，例如綠茶，在江南才採下來的嫩茶，七八百元一兩的已算不錯，而在北京花一萬元所得的不過如此。所幸我現在點酒不嚐，不然南酒也是夠貴的。恒大企業公司東亞煙草廠出品的紙煙，也和「飛馬」「雙斧」不相上下。第三仍然還不是吃嗎，香椿已上市了，豆腐拌椿芽就是好菜，然而南豆腐，只有東城一處可買，本地的豆腐太不成了！東四牌樓有一個攤賣南式油條的，其餘本地的「菓子」，與其說是油條，不如說它是「麻花」。一張嘴要吃東西時，便不由的懷想江南起來。我不是以老饕身份來歌頌江南，畢竟吃在江南，食料是要豐富得多，製法是要講究得多；如果說是江南可愛的話，也許這就是最可愛的。從前我在迪化，有少數民族朋友笑著和我說：「人是吃羊肉的，羊是吃草的！怎麼你們反而吃羊的食糧呢？」我並不像黃任老那樣是一個素食的提倡者，然我留北方，常感覺蔬菜不易得，不知道他們這些素食者的感想又如何？我居留北京不過才半月，我的鄉思已動了，不是為的「鱸」而是為的「　」；雖秋風未起，我已作束裝南歸之計了。當然，身體上的限制，我仍然需要暫時在江南養息的。有的朋友才知我北來，而見到我時，已向他告別了。宣南的花事，終不敵江南之春，使我更加戀戀的！

（50-05-20）

興盡而返

我又見到了邵力子先生。他說：「我正打算來看你，痛快的談談；這幾天正忙！」我說：「我是來辭行的！」他詫問：「怎麼你就匆匆的走了？」我說：「那一天我不是說乘興而來麼，現在是興盡而返。」這兩句話出於王子猷雪夜往剡溪訪戴逵。我自己檢討北來為的是看朋友，雖未盡看，又何必盡看呢？有的已接洽了，而時間仍不能約定；當真要見了面，也無非拜候性質。為的是看書，多少想看的書籍，已看到了；有的還錄了副本。為的是看風景，看花，看過的也有好多處，正可適可而止，留著他日重來的地步。至於觀光，這人民首都的新氣象總算領略到：這種窮，忙，有的是暫時的；而努力學習，熱烈的集體的學習種種情況又足為各地表率。何況老朋友還把他們最近教學的方法都告訴了我；使我得到觀摩的益處也不在少。我北來是有收穫的，有幾位勸我多住些時，我覺得住的久暫是沒多關係的，好在行車方便，隨時可以往來。大概因為氣候乾燥的緣故，我又犯了舊病，痰中帶上了血。還沒有相見的友人處，我已各別的留函告別了。我這「興盡而返」似乎和王子猷不同，他是純粹個人主義的情調；目的是訪戴，未見戴即歸。我的目的是「三看」，北京已是到了，而且有十六日的勾留，期限又是預定的；雖說匆匆，我希望不久再來，我必須恢復原有的健康，以堅強的心配合堅強的身體，參加在新社會中生活。暫時分別，我祝在京友好們的精神愉快，並訂後約。

（50-05-21）

石正風光

舍弟繩，是學建築工程的，他對於中國古建築最感興趣，春假期間，為著看雲岡石窟，到大同去了一次。又為我北上，他趕忙回京。等我南歸，他又往石家莊，正定；當然隆興寺看大佛是他此行的目的。他以五四動身，五七回程，來往匆匆，不過四日，而且都是坐的夜車，京漢路基一直是很壞的，所以他非常覺得勞頓。他有信來告訴我：「弟迭次循京包京漢兩路作內地之行，知荒塞僻縣，生民之苦，起居之陋，均非意料所能及者。」他又說：「正定城廣袤各十里，而居民不及五萬，頹垣斷棟，比比皆是，食肉之家，百無一也。」

正定，我雖然沒有到過，但元明兩代正定很出些人物，對於我是頗熟悉的。他談到石家莊說：「石家莊市內私營商店極少，煙酒百貨大抵公營，滿城竟無一著便服者。弟西裝入市，處處引人注意，聞該地舊為晉冀要隘，商旅輻輳，風俗至靡，不圖二三年來，其轉變如此，政府移風易俗之力，亦偉矣哉！」這種轉變，我們是料到的，不過沒有想到這麼快就辦到的；信中沒有詳細的說，然而石正風光，已得梗概，無論到過石家莊正定和沒有到過那裏的人，一定關心那兒的近況，我且借舍弟信中的報導，向他們報導一下。

（50-05-22）

伊帕爾汗

水建彤的《伊帕爾汗》歌劇已印成單行本。此劇我在迪化時，在報章上看到一些片段，後來《南京新民報》從頭翻版，似乎也沒有刊載完，報就被封閉了。此劇是述香妃的故事，誠如文辛所說：「在五千行詩句中，雜用維吾爾方言，說出一部新疆五百變亂的來龍去脈。」它共五幕，十八景，一切都是有依據的，第一幕，他寫伊帕爾汗與霍江之戀。寫到霍江兄弟起義，介紹大陸、遊牧、菓園、伊斯蘭四種文化交織下的波動園景。第二幕，從北京清宮中少年乾隆之煩惱寫起，指出遊牧民族在農業民族領土上逐漸銷沉，而對另一遊牧民族的戀慕與嫉妒，這是最富有戲劇性的一幕。第三幕，由阿克蘇之戰到伊帕爾被擄。第四幕，由伊帕爾入北京到她自殺。第五幕正如畫龍點睛，說明伊帕爾的革命性，這樣結束滿清封建帝國地原政治的高潮。木帖貝爾為他作序說：建彤在新疆各民族人民的心目中，是最瞭解中亞地方和人民的漢族文學家，他不過才二十八歲，從這本歌劇中，他打算介紹一個新的國際公法概念給中亞細亞民族國度。又打算介紹一個新的經濟定律，他是一面使民族有返老還童的作用，一面還要傳遞世界文化的火炬前進。木氏為他為祝新中國的莎士比亞誕生！平心而論，這本歌劇是中國新文藝中一朵最鮮豔的花，它吸收中亞文化的血球，融和在自己的血液裏，這至少在中國新文藝裏還是第一次的試驗呢。

（50-05-23）

嶺南書風

我在重慶時，曾編行一種詩刊叫《民族詩壇》，亡友李仙根先生給我稿一束，題名「楚庭書風」；不久他又改訂了，又改題為「嶺南書風」，誠如他自己所說：「書風數十章可覘粵人風尚，不僅論書。」一共是五十六首，說到近百年的書家的不過十二首，「曇讓村農跡未陳，山陰為貌董為神；同光真足開新派，未詆吳興是二臣。」注：「汪瑔芙生，號越人，自山陰來，籍番禺，工詩，書法吳興，寫蘭亭，亦愛董其昌，隸體習禮器，孔廟諸刻。其婿朱啟連，子兆銓俱有聲。又謂吳興書自是大家，更傳吳郡書譜，故其後一派皆熟習之。」又「晚近頤巢入北海，研深吳郡是蕭山。羅江曾自珍書格，雅愛兼葭一味閒。」注：「陶邵學頤巢，獨宗北海，筋骨俱到。隸垞朱啟連，執信之父，書法其丈人汪瑔，獨深吳郡書。江逢辰習蘇，羅惇衍習歐，亦寫唐隸，曾習經習黑女，亦寫瘦金，俱有獨到，晦聞黃節大有唐人寫經神氣，曾語余云：我詩未足傳，我書閒談頗自喜，其然豈其然乎？」說到中山先生的，是：「光明正大垂青史，天下為公寫至文，總理聰敏自天亶，何嘗槃礴學烏雲。」注：「總理孫先生自謂平生未嘗習書，譚組安云，其書不但似東坡，而往往有唐人寫經筆意，正直雍和如其人，直天亶聰明，凡夫雖學而不能也。余奉侍久，尤敬識之。」此外於胡、林、古、廖，亦皆有論列。仙根的秋波琴館，收藏頗不少，不知廣州淪陷時損失如何？我們在桂林還天天在一處遊山玩水，想不到不久就逝世了。「嶺南書風」，呂方子曾為他印行過巾箱本的。

（50-05-24）

一字之差

我在前幾天寫了一篇〈世間何物是江南〉，用吳梅村的詩句。也許因為校閱時覺得「是」字不妥，改成「似」字。梅村的原詩是「關河蕭索暮雲酣，流落鄉心太不堪；書劍尚存君且住，世間何物是江南！」下這「是」字就有不滿的意思。這是字下得有它的妙處，一是「鄉心」作祟，一是「書劍尚存」，用現在的話說來，「江南」有些什麼可戀的？不過因為是故鄉而已，狹隘的鄉土觀念拋棄不掉，偏在旅外的時候，引起「鄉心」來。過去一個小資產階級的知識份子最揚揚得意的是他的「書劍」，這些既然「尚存」，你就「且住」罷，尚字與且字又是什麼樣的口吻？你想一想看。「蕭索」的關河是可以發抒抱負的地方，你不要為著「何物」的江南耽擱下來，我在那篇文字中故意的說「第一是吃，第二是吃，第三還是吃，」當然也不是歌讚這「何物」的江南！由於一字的改動，把我文中的語氣弄得「否定」的變成「肯定」的了。變成「誇大江南的好處」了！在這裏我自己也得要自責兩句：往常為著幽默著說話，常會使人將「反」誤會成「正」，我雖明明諷刺我們江南人好吃，而有人難免認為這是稱讚江南！現在下筆倒確是要嚴肅一點，舊文人的手法還是「收拾起」的好。

（50-05-25）

（原報編者按：這一字之差，實在是我改錯的，我以為「似」字比較通一點，卻不知原是吳梅村的詩，這是我應該向作者道歉的。）

屈原之死

端木子疇刊巾箱本《楚辭》，我在勝利後訪求了好久，沒有得到。昨天，有一位朱君竟在夫子廟地攤上，一日得了三本，他立即送一本來給我。此本附有子疇自作的〈離騷啟蒙〉，和陳瑒的〈屈子生卒年月考〉，陳氏對於屈子的「生」考得甚明，「死」在何日？就不能決定了，宗懍《荊楚歲時記》說：「五月初五競渡，為楚人憫屈子投水故，並命舟楫以拯之。」吳均《續齊諧》也說：「屈子五月五日投汨羅水，楚人哀之，至此日以竹筒貯米投水中以祭之。」不過〈琴操〉上說：「介子綏抱木焚死，文公哀之，令人五月五日不得舉火。」曹娥碑是說：娥之父籲以五月五日祀伍君，婆娑樂神，墜水而死。足見五月五日也有的弔介推，也有的弔伍胥，不定是弔屈原的了。說到競渡，唐時有的在三月，也有的在九月，還有在正月的。如文文山《指南錄・元夕》詩：「南海觀元夕，茲遊古未曾。人間大競渡，水上小燒燈。」那麼，競渡不一定是端午，也於此可知。沈佺期〈三月三日驩州〉詩云：「誰念招魂節，翻為禦魅囚。」王績的〈三月三日賦〉也說：「新開避忌之席，更作招魂之所。」我們知道弔屈子又在三月三，不徒是五月五。而屈原死的日期，始終是難於確定的一個謎。

（50-05-26）

江南與江北

也許有些人看到「江南」兩個字，立即便想到揚子江以南。從前初大告先生譯五代十國詞，便將韋莊的那一首「春水碧於天，畫船聽雨眠」所說的「江南」也認作揚子江以南，不知那是指的成都。「人人都說江南好」，以及「如今卻憶江南樂」，這些「江南」字樣也是說的錦江之南。江南並非專名，隨處都可以有江南，只要有江，當然就有江南的了。不過揚子江以南的江南，在五十年以前曾用做專名，所謂「江南省」，包括江蘇，安徽。同樣江北這兩個字也是有專名，通名兩種。專名是四川省有個江北縣，通名是指江以北，揚子江以北固可，其他的江以北亦無不可。江南地方有肥有瘠，江北地方亦有肥有瘠，有些人看到江南就有適意的感覺，似乎江北兩字就不夠適意，這種在文字上發生的感情，多半由於舊文人的鼓吹，培養成這種直覺，說起來是可笑的！我在焉耆，過開渡河橋時，同遊者就說「這還不是和江南一樣！」我頗不同意他這樣說法，我說：「長江以南能有幾處的風景和這兒相比呢！我們該用它這塞外的地方作比例的標準，不必唱那老調子。中國的好地方隨處有，隨處供給你玩賞；又何必借『江南江北』作話題呢？」

（50-05-27）

票友下海

以前我沒有注意到這個問題：一個票友改變為職業的藝人底時候（就是平常所說的「下海」），他有甚麼痛苦？我總以為同是「演出」，不應該有甚麼分別。然而不然！他們看「下海」這回事就十分嚴重。識為票友是花錢來玩玩意兒，而下海後是用玩意兒拿錢。身份首先不同，一切便大有出入。有一位朋友是多年的票友，也許因為生活的逼迫，他決意下海了，當他第一天演出時，他非常緊張，甚至張惶失措，不知道怎樣演唱才好！雖然，他有豐富的舞臺經驗，下海後的登臺，他還認為這是第一次，和從來沒登過台的人差不多。這是一種什麼心理？不是我們台下人所能理解的。我聽他這樣說，知道他這次下海是非常感覺痛苦的，似乎他有點疑神疑鬼的，老是疑心人家在玩弄他，甚而至於疑心到鑼鼓場面跟他為難。他頗失悔！以後到票房，大家也一定看他成「內行」了，而老藝人們看他這票友出身的「同行」又必另眼相看。他有些啼笑皆非，進退維谷的樣子。也許，習慣成自然，久下去或者可以解除他這種痛苦；同時也許他又轉業了，轉了業不獨不當藝人，連票友也不幹了，這也說不定。因為我聽他的口氣，是不想吃這一碗飯的。因此他的朋友們原先準備定了座位，替他捧場的，現在也遲疑起來；捧也不好，不捧也不好，只有緩幾天再看他自己的意思了。

（50-05-28）

官打捉賊

幾個孩子聚在一起，做著「官打捉賊」的遊戲，看了不免小吃一驚。怎麼這遊戲到今天還保存著？四十多年前，我們做小孩子的時候，曾玩過這一套，將「官打捉賊」四個字寫成四個紙鬮，然後大家拈，拈到「捉」字的立即物色那個「賊」，捉錯了當然受罰，等捉到賊時，這個「官」就下命打，由那拈「打」字的人執行。這遊戲半明半暗，捉和賊是秘密的，官與打的身份又是公開的。拈到「官」的那個人，一直是得意揚揚的，拈到「捉」「打」的人完全是幫兇的面目，而拈到「賊」又一定不露聲色，極為鎮定。這遊戲完全是封建時代的產物，從這遊戲中可看到中國人的「官迷」；我是不願意現在的孩子們還來玩這個的，然而他們怎麼會的？還不是在學校裏和別的孩子學來的，學校的教師們對於孩子們的遊戲未免太不關心了！我所以提出這事來，請當教師的人注意！說來中國的兒童是夠寂寞的，為兒童作的圖畫就少，童話文學也不發達，音樂家又有幾個專作兒歌的？甚至於四五十年前的遊戲到今天還在做，這正因為沒有新的，好的遊戲來替代它的緣故。我知道關心下一代的健康幸福的人並不少，但缺乏多方面的聯繫與合作。如連環圖畫的改訂，的確一天一天在進步，然而這還不是專為兒童畫的。歌曲也有的是兒童可以唱的，但這還不是專給兒童唱的。遊戲的製作似乎需要更迫切，我希望這些陳舊的快取消，多創些嶄新的有意義的遊戲給他們才好。

（50-05-29）

萵笋圓

萵笋在南京叫做萵苣，四川人稱它為青笋。龔艾堂先生根據《清異錄》說它：「吳國使來，隋人求得菜種，酬之甚厚，故又名千金菜。削去粗皮，色如碧玉，一種香者氣尤芳冽，鹽漬生食亦清脆。」（見《冶城蔬譜》）我們在四川吃青笋和蘿蔔的方法差不多，常常放在湯裏的。在上海就用來炒或拌，從來沒有煨的。上海和南京的萵笋也有一點不同，上海的萵笋短，南京的出產比較長，因此有一種特別的製法，就是買幾十斤萵苣，拿來一洗，抹上一些鹽，一條條的在太陽下曬，大約曬不了兩天，萵苣就乾了。用一瓣玫瑰花夾著，從萵苣的大底一頭捲起，捲成一個餅似的，這叫做「萵笋圓」，南京人讀這圓字是用「圓兒」兩字的合音。艾老所說「鹽漬生食亦清脆」，當係指此而言。在這季節中，除了萵笋圓，還有好多樣的家庭手藝，如醃鹽鴨蛋，製玫瑰沙。這玫瑰沙也是一種美味。第一，買下若干朵玫瑰花，將花蕊，柄都摘掉，用去了核的梅子和它在一處搗爛，然後加上大量的白糖再拌在一起。放在太陽中曬，隨曬隨拌，不要使它成了一團團的。等曬乾以後都成了紫色沙形的糖，南京人就叫它做玫瑰沙。吃粽子蘸它，有時做燒餅餡吃，也香甜可口。這種家庭製造的食品，各處都有；可是從來不大記載，其實這些都有記載的價值。因為有好些食品都不花多錢，也並不頂費力量，而可以供大眾食用的；將這製法流傳，不亦大有利於人民乎？

（50-05-30）

田間的太原謠

田間的詩作，據搞蘇聯文學的朋友談，他學的是瑪耶可夫斯基的，也許這指詩的外形而言。我認為從內容來說，和唐人新樂府頗接近，尤其像白樂天的〈秦中吟〉，因為最近我看到他的一本《短歌》，我讀了其中的〈太原謠〉十首，便有這樣的感想。如①少將：「太原市上：有一位少將，錢雖不多，天天請人吃酒。要問請酒做甚？說得文雅些：聚會，聚會！因為他雖是少將，手下沒兵沒槍，還能不找幾個朋友，幫幫他的場！朋友們一吃完酒，就好分路下鄉，白刀子進紅刀子出，殺人抓兵搶糧！」這真是標準的諷諭詩。可惜分行的直寫下來，多少要減去它的力量。它所說這個沒有兵帶的少將，只要為非作歹起來，也自有人來「幫場」！那是一個什麼樣的社會！什麼樣的時代！在這十五行中完全反映出來了。又如：⑥壽陽城：「壽陽城，像個碗。日閻一家，合吃一碗粥。日已落，閻也快倒。破碗栽不成花，也長不起草！」這詩更短了，一共不過八行，分寫成四節。把城比碗，碗破了更沒有什麼用！主題在「日閻一家」，日閻都完了，可是這座城也完了，這詩有「詩史」的意味。⑦老兵：「白鬍子老漢，鬍子半尺長，一天到晚，肩上扛著槍。一天到晚：他守在門旁。一天到晚：老命一條，拴在那槍上，死活跑不了。他瘦瘦的影子，也像刻在牆上。老漢心裏想：這肩上槍，是血造的，它打不響！」原注：「太原的傳說」。五節，共十六行。這是說一個守兵，他為著誰守？為著誰扛槍？說他像刻在牆上的，這真太妙了。末四句尤其是一針見血！它比起白詩來還要簡勁老辣，可以說它是詩中之刺。

（50-05-31）

樸素的真理

有一位老太太在慨歎：「大家都鬧窮，真像馬上就要蓋鍋似的；但是我在菜場上看買菜的人，還是鬧烘烘地，又一把一把的人民幣掏出來了！這那裏是真窮？」我有一位老弟，他是新四軍老幹部，他引那老太太的話告訴我，他說：這句話裏面是有「樸素的真理」的。我對這「樸素的真理」五個字很感興趣。正如莊生所說：「道在屎溺。」他並不是誇張屎溺，而是說明處處有「道」。最樸素的真理常會被人忽略，把它認做無足輕重，或者是一句不相干的話，而不知道這句話正可以解答若干問題的。宗教家愛利用這些眼前的樸素的真理，將平凡故意搞成玄奇，如所謂「禪機」、「道悟」，原本是樸素的，反而弄得五花八門，這種純唯心的把戲，可笑之至。在新社會是不適用的，新社會對一切事物正需要調查研究，當然對一句話也不肯忽略，只要不忽略這些，那麼樸素的真理隨處便可發現，供給我們瞭解現實的材料，並處理問題。在那老太太的一句話中，正反映出當前有些人還不能忘情於自我享受，他儘管鬧窮，見到好吃的還是要吃。他們不肯好好利用他們的一些錢向生產方面努力，只顧目前，把錢這樣消耗，這是多麼可惜。

（50-06-01）

陶壺作家

我家有一把宜興陶壺，據老一輩說：在他們小時候就有了的，可惜在丁丑年跟房屋同毀了。我對陶器都很外行，只知道這泥色嫩黃的出起莊山。以和一切色土乃黏埴，陶之可變為硃色；天青泥出口野，陶之可成暗肝色；密口泥陶變輕赭，老泥出團山，陶之成一星星白砂的。金沙寺的和尚有製壺的秘法，吳頤山家有個兒子學會了這一套，現在所傳栗色的，像古金鐵似的，是最名貴的一種。明代萬曆年間，董翰、趙梁、元暢、時朋稱為四家。時朋的兒子大彬，製壺尤工，他作極大的茶壺，到松江遇見陳眉公，眉公說：「講究喝茶，還是小壺好。」於是他又製一些小壺。陶業有句行家話，叫做「壺家妙手稱三大」，除了大彬，還有李大（仲芳）、徐大（友泉）。大彬有四個徒弟，歐正春、邵文金、邵文銀、蔣時英，都是能手。相傳金沙寺和尚的壺以指紋為表記，大彬壺以柄上的拇痕為識，後來陳曼生寫了一本《壺史》，玩壺玩到陳曼生也就完了。聽說宜興陶器新的較以前作的倒反而多些，不過泥砂土質以前的產地已用了差不多，不得已改用別地方的泥土，可是質料也跟著技術一樣退步了。然而一般人只要有壺盛茶水，不像舊日士大夫這樣「玩物喪志」。我雖失去祖傳的陶壺，並不覺得可惜。

（50-06-02）

治喉噎方

常熟有一位姓趙的，家中儲有喉風藥，非常有效；但是這秘方，他家是不傳給人的，有親友去問他，越問得勤，他越守秘密。這一天，有朋友正和他談天，他的兒子忽然喉痛起來，要臨時配藥，他就說出：「快點找豬牙、皂角搗爛在一道加醋調起來，一天嗽口四五次，吐出許多痰，喉痛也立止。」這樣所謂秘方就傳開了，此事見龔立本的《常熟志》。還有噎病，平常叫做「膈食」，現在說起來就是胃病的一種。從前武昌有個和尚得了這病，怎麼醫總醫不好，他臨死時招呼徒弟：「這一定是有物為祟，我死後，要剖開來一看，究竟是什麼緣故！」後來這小和尚就照辦了，胃中有一根骨狀的東西，疑心是鯁，把它取出來，放在一邊。恰巧這廟中駐了兵，一天，這帶兵的吃鵝，殺鵝時將鵝血濺在那骨上，立即便化掉了。後來小和尚又患這病，取鵝血來喝，果然就痊癒了。這怕還是清初的事，王漁洋記在《香祖筆記》中。我不知道這所謂「骨狀的東西」，是不是腫瘤一類？又不知道和尚的胃已否潰瘍？我朋友中患胃病的甚多，我常為他們講這故事。希望治胃病的專家們試驗一下，如其有效，可以研究研究它的原因。否則這種良方還是欺人之談，我們也不必再提它了。

（50-06-03）

八十年前米價

有人從夫子廟的地攤上，以賤值買到了幾本八十年以前寫的日記，要審定它是誰寫的？從日記中所記的事看來，可以證明是一個南京人寫的。又看他所提到的人名，尤其自家兄弟子侄的名號，我又斷定它是甘氏寶宋齋主人。再經過查考（就是借《甘氏家譜》一查），最後我知道這是甘夢六（福）長子春海（增籌）的日記。最早的一本是同治辛未（六年）的，還有光緒元年，二年，又有光緒癸巳的一本。我最感興趣的是他記到同治六年的米價，他所購上熟每石是二元七角四分。又那時有隆茂洋行新創不需燈罩的洋燈，大小形式各樣皆全，又有名西白燈的，大約只有上海可以購到，他曾託朋友去買，他那時還常常往來蘇常，他有「起程單」，是他動身時必需攜帶的：月宮帳、帳沿、帳撐、小算盤、被褥、耳枕、枕頭、茶壺、茶碗、面盆、手巾、刷牙盒、文具箱、墨盒、水煙、茶葉瓶、時辰表、茶食盒（另有衣物單，如套褲、包腳布之類，現在已是沒有的了）。又有應試考具單：「解元籃、號襖、號簾、卷夾、卷袋、襯卷紙、草稿紙、鎮紙、墨盒、硯臺、筆、墨、馬扎、五更雞、碗、筷子、食盒、菜缽、抹布、釘、釘錘、勺、步步高、煤子、洋火、香、洋糖、洋參、松子、棗子糕、紅頭繩、壁上紅、洋燭臺、燭、剪子、水壺、茶匙、刷子。」進二場、三場的時候，就要帶一些書，另有單子。代易世移，在今天看起來，好多名物已不復存在，有的已需要解釋；不然，就不知道畢竟是什麼東西了。

（50-06-04）

文章病院

聽說葉聖陶兄作了一篇文章，論像喝茶之類的錯誤，因此想起十多年前，聖陶和夏丐尊先生等在中學生雜誌闢了「文章病院」一欄，專指出寫作的通常所犯的毛病。聖陶這篇近作，我還未寓目，想來還是和當日的「文章病院」一樣，善意的像診察病人般的指出病源來，據告訴我的那位朋友，將他所能記得的舉例說來，有的是文通理不通，如「美國外交人員捏造各種詭計」，句法是完備的，然而作者沒有注意到「捏造」和「詭計」兩詞的詞性；詭計是不可捏造的。又如：「我們的目標可以提前實現的」，「目標」只有用「達到」，如其是「願望」，才能說「實現」，這與前例相同。又如「我國營貿易公司在全市開展零售店」，毛病也只是出在「開展」，倘使老老實實地說「多開幾個」，而不隨意用「開展」，豈不就妥當了嗎？這可以說是濫用名詞，濫用成語，成語或新詞會搖筆就來的，用得妥當與否，在平日寫作較多，或下筆快一點的人，一不小心就易犯這種毛病，個人犯病事小，怕的是傳染別人，這種醫院和醫師還是需要的。在聖陶的號召下，我想大家都會提高警覺性來預防的，此舉是有益人群的事。

（50-06-05）

編後說明

1. 本書甲集收錄的，係盧冀野先生於一九四九年九月十日到一九五〇年六月五日在上海《大報》上發表的的小品文、小文章。
2. 因其中大部份署以「柴室小品」專欄，故此書即以「柴室小品」命名之。
3. 發表時凡署名「盧冀野」或「冀野」的文章，每篇文後，即不再標注；只有當以其他名字，如「飲虹」、「雲師」等署名的，才在文後另行注明。
4. 每篇文後，我們注出了發表的日期，且全書大致按刊登的先後排列。但也有因發表時間不能確定，或為閱讀方便起見，就會對其中一些的文章的次序加以調整。
5. 雖然編輯此書，本意是將盧冀野先生去世前的那段時期的全部小文章，結集出版，以作為研究盧前先生和那一時代的一種資料。但盧前先生當時在報上發表的小文章非常之多，雖經多方尋覓，仍有相當的佚缺，只有以後再行補充。
6. 由於上世紀四十年代末、五十年代之初，這類報紙的紙張、編排、印刷均比較粗劣。此次輸入及出版的文本中，一定仍有許多舛誤，這裏除了表示歉意，也歡迎讀者指正。

釀文學04　PG0509

柴室小品

（甲集）

作　　者	盧　前
主　　編	蔡登山
責任編輯	孫偉迪
圖文排版	賴英珍
封面設計	陳佩蓉

出版策劃	釀出版
製作發行	秀威資訊科技股份有限公司 114 台北市內湖區瑞光路76巷65號1樓 電話：+886-2-2796-3638　傳真：+886-2-2796-1377 服務信箱：service@showwe.com.tw http://www.showwe.com.tw
郵政劃撥	19563868　戶名：秀威資訊科技股份有限公司
展售門市	國家書店【松江門市】 104 台北市中山區松江路209號1樓 電話：+886-2-2518-0207　傳真：+886-2-2518-0778
網路訂購	秀威網路書店：http://www.bodbooks.com.tw 國家網路書店：http://www.govbooks.com.tw
法律顧問	毛國樑　律師
總 經 銷	聯合發行股份有限公司 231新北市新店區寶橋路235巷6弄6號4F 電話：+886-2-2917-8022　傳真：+886-2-2915-6275

出版日期	2011年4月　BOD一版
定　　價	250元

國家圖書館出版品預行編目

柴室小品．　甲集 / 盧前著. -- 一版. -- 臺北市：醸出版, 2011.04

面；　公分. --（語言文學類；PG0509）

BOD版

ISBN　978-986-86982-6-0（平裝）

855　　100002220

讀者回函卡

感謝您購買本書，為提升服務品質，請填妥以下資料，將讀者回函卡直接寄回或傳真本公司，收到您的寶貴意見後，我們會收藏記錄及檢討，謝謝！如您需要了解本公司最新出版書目、購書優惠或企劃活動，歡迎您上網查詢或下載相關資料：http:// www.showwe.com.tw

您購買的書名：________________________________

出生日期：________年________月________日

學歷：□高中（含）以下　□大專　□研究所（含）以上

職業：□製造業　□金融業　□資訊業　□軍警　□傳播業　□自由業

□服務業　□公務員　□教職　□學生　□家管　□其它_____

購書地點：□網路書店　□實體書店　□書展　□郵購　□贈閱　□其他

您從何得知本書的消息？

□網路書店　□實體書店　□網路搜尋　□電子報　□書訊　□雜誌

□傳播媒體　□親友推薦　□網站推薦　□部落格　□其他__________

您對本書的評價：（請填代號　1.非常滿意　2.滿意　3.尚可　4.再改進）

封面設計____　版面編排____　內容____　文／譯筆____　價格____

讀完書後您覺得：

□很有收穫　□有收穫　□收穫不多　□沒收穫

對我們的建議：________________________________

____

____

____

請貼
郵票

11466
台北市內湖區瑞光路 76 巷 65 號 1 樓
秀威資訊科技股份有限公司 收
BOD 數位出版事業部

（請沿線對折寄回，謝謝！）

姓　　名：＿＿＿＿＿＿＿＿　年齡：＿＿＿＿　性別：□女　□男

郵遞區號：□□□□□

地　　址：＿＿＿＿＿＿＿＿＿＿＿＿＿＿＿＿

聯絡電話：(日) ＿＿＿＿＿＿＿＿　(夜) ＿＿＿＿＿＿＿＿

E-mail：＿＿＿＿＿＿＿＿＿＿＿＿＿＿＿＿